Klösterliches
Fasten

Birgit Adam

Klösterliches Fasten

Herausgegeben von
Christiane Schlüter

GONDROM

Die Autorin
Birgit Adam hat Englische Literaturwissenschaft und Kommunikationswissenschaft studiert. Sie arbeitet als Autorin und Redakteurin und lebt in Augsburg.

Die Herausgeberin
Christiane Schlüter, Dr. theol., lebt als Buchautorin und Journalistin in Augsburg. Ihre Schwerpunkte sind Themen der Spiritualität, Lebenshilfe und Kultur.

Redaktion: Corinna Hoch, Patrick Grootveldt
Produktion: Medienagentur Drews, Augsburg
Satz: Atelier Lehmacher, Friedberg
Illustrationen: Raffael Bader
Umschlaggestaltung: HildenDesign, München
Bogen: © HildenDesign, München
Landschaft: © Photodisc

Wichtiger Hinweis:
Wenn Sie unter einer chronischen Krankheit leiden, Medikamente nehmen oder in ärztlicher Behandlung sind, dürfen Sie nicht selbstständig fasten. Sollten während der Fastenzeit oder danach Beschwerden auftreten, suchen Sie sofort einen Arzt auf. Die Ratschläge in diesem Buch sind vom Verlag und Herausgeber sorgfältig erwogen und geprüft, dennoch kann eine Garantie nicht übernommen werden. Eine Haftung des Verlages und seiner Beauftragten für Personen-, Sach- und Vermögensschäden ist ausgeschlossen.

003

ISBN-10: 3-8112-2721-1
ISBN-13: 978-3-8112-2721-7

5 4 3 2 1

www.gondrom-verlag.de

Inhalt

Zur Einführung

Schon seit Urzeiten fasten die Menschen, um sich körperlich und geistig zu reinigen. Naturvölker verzichteten auf Nahrung, um dem Körper neue Energie zuzuführen, und Schamanen zelebrierten Fastenriten, um magische Kräfte zu erlangen. Und auch die großen Religionsstifter der Welt – ob Buddha, Jesus oder Mohammed – haben sich zu irgendeinem Zeitpunkt ihres Lebens in die Wüste zurückgezogen, um dort zu fasten und Erleuchtung zu erlangen. Sie alle erlebten etwas, das eigentlich paradox klingt: Gewinn durch Verzicht. Sie entsagten materiellen Dingen und erhielten zum Ausgleich einen Zuwachs auf spiritueller Ebene.

Zu früheren Zeiten war das Fasten – nicht nur innerhalb der Klostermauern – ein ganz normaler Vorgang. In Tagen, als es noch keine Supermärkte, Lebensmittelimporte und Treibhäuser gab, waren die Menschen abhängig von den Jahreszeiten und den natürlichen Gegebenheiten. Wenn die Ernte einer Dürreperiode oder Naturkatastrophe zum Opfer fiel, mussten sie hungern – ob sie nun wollten oder nicht. Heute muss – zumindest in Deutschland – niemand mehr hungern. Fasten ist zu einer freiwilligen Aktivität geworden. Doch warum nehmen Menschen in Zeiten des Luxus freiwillig Entbehrungen auf sich? Der Grund ist heute nach wie vor derselbe: Wir wollen durch den Verzicht einen Gewinn erlangen. Wir wollen unseren Körper von Giftstoffen befreien und so einer gründlichen Erneuerung unterziehen. Und auch unserer Seele möchten wir etwas Gutes tun: Indem wir uns beim Fasten auf das Wesentliche besinnen, können wir zu einer neuen Lebenseinstellung finden.

Dieses Buch zeigt, wie das Fasten in der klösterlichen Tradition verankert ist und welche Wirkungen es auf Körper und Seele hat. Darüber hinaus gibt es praktische Tipps für alle diejenigen, die eine Fastenwoche durchführen möchten. Nicht fehlen dürfen natürlich Rezepte – sowohl für die Fastensuppen und -tees, die Sie für Ihre Fastenwoche benötigen, als auch für traditionelle Fastenrezepte aus dem Kloster, die auch heute noch schmecken und gesund sind!

Die klösterliche Fastentradition

In der Kulturgeschichte der Menschheit spielte das Fasten seit jeher eine bedeutende Rolle. Immer wieder verzichteten Menschen bewusst auf Nahrung, um sich auf besondere Aufgaben vorzubereiten oder ihren Körper zu reinigen. Auch bildete das Fasten einen Gegensatz zum Feiern und brachte auf diese Weise Struktur in das Leben der Menschen. Nicht zuletzt führen Fastenperioden auch dazu, dass man gutes Essen und Trinken wieder besser zu schätzen weiß! Doch wie sieht es mit dem uralten Brauch im Christentum aus? Dieses Kapitel zeigt, wie fest Fasten in der klösterlichen Tradition verankert ist und welche Regeln und Vorschriften hier gelten.

Fasten in der Bibel

Sowohl im Alten als auch im Neuen Testament beschäftigen sich etliche Stellen mit dem Fasten. Traditionell fasteten die Juden zweimal in der Woche, und zwar am Montag und am Donnerstag. Im Alten Testament geschah dies noch größtenteils aus kultischen Gründen; man verzichtete auf Speis und Trank, um sich zu reinigen. In der Regel dauerte dieses Fasten einen Tag – vom Vorabend bis zum Einbrechen der Dunkelheit am nächsten Abend. Doch auch um ihre Bußgesinnung zu unterstreichen oder ihre Hingabe beim Gottesdienst zu zeigen, verzichteten die Israeliten auf Nahrung. Gleiches galt, wenn ein geliebter Mensch im Sterben lag – zum Beispiel fastete David am Bett seines Sohnes. In 2 Sam 12,15f. heißt es:

Der Herr aber ließ das Kind, das die Frau des Urija dem David geboren hatte, schwer krank werden. David suchte Gott wegen des Knaben auf und fastete streng; und wenn er heimkam, legte er sich bei Nacht auf die bloße Erde.

Konkret vorgeschrieben war das Fasten im Alten Testament nur am Versöhnungstag, auf Hebräisch „Jom Kippur" – ein Fest, das im Judentum noch heute gefeiert wird. An diesem Tag erlangte der Hohepriester für sich und das Volk Gottes Vergebung. In Lev 16,29–30 heißt es dazu:

Folgendes soll euch als feste Regel gelten: Im siebten Monat, am zehnten Tag des Monats, sollt ihr euch Enthaltung auferlegen und keinerlei Arbeit tun, der Einheimische und ebenso der Fremde, der in eurer Mitte lebt. Denn an diesem Tag entsühnt man euch, um euch zu reinigen. Vor dem Herrn werdet ihr von allen euren Sünden wieder rein.

24 Stunden lang essen und trinken die Gläubigen an Jom Kippur nichts – nicht einmal Wasser ist erlaubt.

Doch auch wenn das Fasten nicht zwingend vorgeschrieben ist, finden sich im Alten Testament noch zahlreiche weitere Stellen, an denen das Fasten eine wichtige Rolle spielt. Der Prophet Elija fastete vierzig Tage in der Wüste, bevor er am Berg Horeb den Auftrag Gottes entgegennahm. Der Prophet Jona bewegte die Bewohner der Stadt Ninive zu einem allumfassenden Fasten und

konnte dadurch das angedrohte Strafgericht Gottes abwenden. Die berühmteste Stelle aber ist sicherlich Ex 34,28, wonach Mose vierzig Tage und vierzig Nächte fastete, bevor er die Zehn Gebote erhielt. In seiner Rede „Über das Fasten" stellt der Kirchenvater Basilius (um 330–379) heraus, warum diese Fastenzeit für Mose so wichtig war:

> *Denn er [Mose] hätte es nicht gewagt, den rauchenden Berg zu besteigen, und nicht den Mut gehabt, in die Wolke hineinzugehen, hätte er sich nicht durch Fasten gewappnet. Unter Fasten erhielt er das durch den Finger Gottes auf die Tafeln geschriebene Gesetz.*
>
> *(Basilius der Große, Über das Fasten)*

Auch im Neuen Testament wird immer wieder eine vierzigtägige Fastenzeit erwähnt. So verzichtet zum Beispiel Jesus vierzig Tage lang auf Speis und Trank, bevor er seine Lehrtätigkeit aufnimmt (Mt 4). In der Wüste wird er vom Teufel in Versuchung geführt – ganz in der Tradition alter Religionen dient hier das Fasten also auch als Schutz vor bösen Geistern.

Fasten in der Geschichte der Kirche

Die junge Christengemeinde übernahm zunächst die Praxis des Judentums, an zwei Tagen in der Woche zu fasten, und legte als Fastentage Mittwoch und Freitag fest: Mittwoch als Tag der Gefangennahme Jesu, Freitag als seinen Todestag. Als sich im Laufe der Jahrhunderte dann das Osterfest im Kirchenkalender etablierte, wurde vor dem hohen Fest noch zusätzlich gefastet: Bereits im vierten Jahrhundert betrug diese Periode des Verzichts vierzig Tage.

Detailliert äußerten sich die Kirchenväter zum Thema Fasten und legten dabei auch sehr viel Wert auf die innere Haltung, die das Fasten begleiten soll. So verlangte zum Beispiel Hieronymus (um 347–420), dass man mit freundlichem Wesen fasten und dabei Gott danken solle. Nur so habe Gott auch Gefallen am Fasten der Menschen.

Und auch der Mailänder Bischof Ambrosius (339–397) forderte, dass der Mensch der Naturkost, also der Kost aus einfachen Pflanzen, Gemüse und Obst, den Vorzug geben solle, da sie die Speise der Mäßigkeit sei. Sehr intensiv setzte sich der heilige Augustinus (354–430) in seinen *Confessio-*

nes (deutsch: „Bekenntnisse des heiligen Augustinus") mit dem Fasten auseinander. Er sieht keinen Widerspruch zwischen Bibelstellen, die vom Fasten handeln, und solchen, die sich mit dem Genuss beschäftigen:

Du hast mich belehrt, guter Vater, dass ‚den Reinen alles rein ist, aber dennoch vom Übel, wenn ein Mensch durch Essen Anstoß gibt' (Röm 14,20); und dass ‚Deine gesamte Schöpfung gut und nichts verwerflich ist, was man mit Danksagung entgegennimmt (1 Tim 4,4); und dass ‚Speise uns keinen Wert vor Gott verleiht' (1 Kor 8,8) und dass ‚niemand über uns richten soll wegen Speise und Trank' (Kol 2,16); und dass ‚der, der alles isst, und dieser wieder nicht richten soll über jenen' (Röm 14,3). Das habe ich gelernt, und Dank Dir, Preis Dir, meinem Gott, meinem Lehrer, der an mein inneres Ohr pocht und mir das Herz erleuchtet. Mach mich frei von aller Versuchung! Was mich in Furcht setzt, ist nicht Unreinheit des Fleischgenusses, sondern die Unreinheit der Genussgier. Ich weiß, dass dem Noah jede Art von Fleisch, die zur Nahrung dienen kann, zu essen erlaubt war (Gen 9,2f.), dass Elias an Fleischnahrung sich stärkte (1 Kön 17,6), dass

Johannes, dem eine so wunderbare Enthaltungsgabe verliehen war, sich nicht verunreinigte an tierischen Wesen, an den Heuschrecken, die ihm zu Speise dienten (Mt 3,4). Aber ich weiß auch, dass Esau sich durch die Gier nach Linsenmus betören ließ (Gen 25,34); dass ein David das Gelüste nach einem Trunk Wasser sich zum Vorwurf machte (2 Sam 23,15ff.) und dass unser König nicht mit Fleisch, sondern mit Brot versucht ward (Mt 4,3). So hat sich auch das Volk in der Wüste Strafe nicht deshalb zugezogen, weil es nach Fleisch begehrte, sondern weil es in der Begier nach Speise murrte wider den Herrn (Num 11).
Solchen Versuchungen ausgesetzt, führe ich einen täglichen Kampf wider das Gelüst nach Essen und Trinken; denn hier geht es nicht, durch Willensentschluss auf einmal abzubrechen und nicht mehr darauf zurückzukommen, wie ich es beim geschlechtlichen Umgang vermochte. Also gilt es, dem Gaumen maßvoll die Zügel bald zu lockern, bald zu straffen.

(Augustinus, Confessiones)

Im Mittelalter stand ein anderes Motiv beim Fasten im Vordergrund: Nun ging es nicht mehr in erster Linie darum, sich zu reinigen, sondern darum, Heil zu erlangen. Mit anderen Worten: Je mehr ein Mensch fastete, umso besser stand er nach dem Tode einmal da. Zu Beginn des 11. Jahrhunderts stellte dann der Theologe Burchard von Worms (965–1025) die Fastenvorschriften der Kirchenväter und Konzilien zusammen. Er sprach darin zum ersten Mal von Abstinenz und meint damit den Verzicht auf Fleisch, nicht aber auf Milchprodukte, Eier und tierische Fette als Zutat zu anderen Speisen. Allerdings war damit noch lange nicht garantiert, dass sich die Mönche auch an seine Vorschriften hielten. Ganz im Gegenteil: Im Mittelalter fand man einige interessante Mittel und Wege, um sich die schwierige Zeit der Abstinenz so angenehm wie möglich zu machen. So wurde zum Beispiel der Schinken im Brotteig oder Maultaschen versteckt und so mancher „Karpfen" war wohl ursprünglich nicht mit Flossen, sondern mit vier Beinen gesegnet gewesen. Und überhaupt: Da Fisch ja nicht als Fleisch galt, wurde eben schnell ein Wildschwein in den Teich getrieben und dann eingefangen – was aus dem Wasser kommt, ist schließlich Fisch, oder etwa nicht? Gemäß dieser „Regel" landeten ab und zu sogar Biber oder Fischotter in den klösterlichen Kochtöpfen. Und es sprach auch nichts dagegen, das Fleisch einer Gans oder von anderem Geflügel zu zerkleinern, zu einem Teig zu verarbeiten und daraus einen Fisch zu formen. Not macht erfinderisch – und bei so manchem Mönch muss die Fastennot wahrlich groß gewesen sein! Kein Wunder, dass in unseren Vorstellungen vom mittelalterlichen Klosterleben das Klischee von kugelrunden, schlemmenden Mönchen fest verankert ist, auch wenn ganz sicher nicht alle Ordensbrüder so gewesen sind.

Es ist auch nicht weiter verwunderlich, dass die Fastenpraxis ein wichtiger Streitpunkt in der Auseinandersetzung von Reformatoren wie Martin Luther, Johannes Calvin oder Ulrich Zwingli mit der katholischen Kirche war. Allerdings führten diese Diskussionen keineswegs dazu, dass die katholische Fastenpraxis nun klipp und klar geregelt wurde. Dies geschah erst im Jahre 1917 mit der Herausgabe des Kirchenrechtsbuches.

Egal, wie streng nun gefastet wurde oder nicht: In der christlichen Tradition stand Fasten nie alleine für sich, sondern wurde und wird noch heute von zwei weiteren wichtigen Aufgaben begleitet: dem Beten und dem Teilen. Wie das Fasten sollen diese Aufgaben im Verborgenen geübt werden. So legt es Jesus in der Bergpredigt dar:

Wenn du Almosen gibst, lass es also nicht vor dir herposaunen, wie es die Heuchler in den Synagogen und auf den Gassen tun, um von den Leuten gelobt zu werden. Amen, das sage ich euch: Sie haben ihren Lohn bereits erhalten. Wenn du Almosen gibst, soll deine linke Hand nicht wissen, was deine rechte tut. Dein Almosen soll verborgen bleiben und dein Vater, der auch das Verborgene sieht, wird es dir vergelten.
Wenn ihr betet, macht es nicht wie die Heuchler. Sie stellen sich beim Gebet gern in die Synagogen und an die Straßenecken, damit sie von den Leuten gesehen werden. Amen, das sage ich euch: Sie haben ihren Lohn bereits erhalten. Du aber geh in deine Kammer, wenn du betest, und schließ die Tür zu; dann bete zu deinem Vater, der im Verborgenen ist. Dein Vater, der auch das Verborgene sieht, wird es dir vergelten. …
Wenn ihr fastet, macht kein finsteres Geicht wie die Heuchler. Sie geben sich ein trübseliges Aussehen, damit die Leute

merken, dass sie fasten. Amen, das sage ich euch: Sie haben ihren Lohn bereits erhalten. Du aber salbe dein Haar, wenn du fastest, und wasche dein Gesicht, damit die Leute nicht merken, dass du fastest, sondern nur dein Vater, der auch das Verborgene sieht; und dein Vater, der das Verborgene sieht, wird es dir vergelten.

(Mt 6,16–18)

Fasten und Mönchtum

Ursprüngliche Lehrer der Fastenkunst sind die Mönche – nicht etwa die „Diät-Gurus" und „Food-Trainer" unserer modernen Zeit. Als Nachfolger Jesu üben auch sie sich in Entsagung und in einer strengen Trennung von Leib und Seele. Diesem Kontext haben wir auch den Begriff der Askese zu verdanken. Seine ursprüngliche Bedeutung war „Übung" und er beinhaltete Zucht des Körpers und des Geistes, um die negativen Eigenschaften des Menschen zu überwinden und Gott nahe zu kommen. Nicht nur der Nahrung sollten sich Mönche enthalten – auch in Bezug auf Schlaf, Sexualität und materielle Besitzgüter war Verzicht angesagt.

Das Fasten als Bestandteil der Askese diente also nicht dem Zweck, den wir heute vorrangig mit dem Verzicht auf Nahrung verbinden: Die Mönche und Nonnen in den Klöstern wollten nicht etwa abnehmen. Auch heute ist ein Gewichtsverlust nicht Sinn des klösterlichen oder christlichen Fastens. Denn der Schwerpunkt liegt hier nicht auf dem Körper, sondern auf dem Geist. Fasten ist ein Mittel der Askese, es soll auf die Begegnung mit Gott vorbereiten. Da der Mensch selbst nicht das richtige Maß kennt, muss er sich in der Askese Grenzen setzen und sich dadurch von seinen Leidenschaften befreien. Nur so kann er eins mit Gott werden. Neben dem Fasten gehören Wachen, Beten, Meditation, Schriftlesung, Schweigen, Handarbeit, die Beobachtung der Gedanken und der Austausch mit einem geistlichen Begleiter zur Askese.

Die ersten christlichen Mönche, die so genannten „Wüstenväter", verließen ihre Heimat und zogen sich in die Einsamkeit der Wüste zurück, um sich dort ganz Gott hinzugeben. Außerdem galt die Wüste als Reich der Dämonen

und diesen wollten sich die Wüstenväter stellen. Sie verzichteten auf jeden Komfort und ihr Tagesablauf bestand größtenteils aus Fasten und Beten. Entsprechend karg sah dann auch der Speiseplan dieser Mönche aus: Sie lebten hauptsächlich von Brot, Wasser, Salz und Hülsenfrüchten, daneben gab es noch Gemüse, Kräuter, Beeren und Baumfrüchte, manchmal auch Fisch. Antonius (um 251/252–356), einer der berühmtesten Wüstenväter, soll sogar nur einmal am Tag gegessen haben: nach Sonnenuntergang, und dann auch nur Brot, Salz und Wasser.

Als dann im Laufe der Jahrhunderte die einzelnen Orden entstanden, gab es bald auch eine Vielzahl von Vorschriften, die die Fastenzeiten in den Klöstern regeln sollten. Eine der berühmtesten ist die Regel des heiligen Benedikt.

Die Benediktiner-Regel

Der Orden der Benediktiner geht zurück auf Benedikt von Nursia, den „Vater des abendländischen Mönchtums“. Benedikt wurde um 480 im italienischen Nursia als Sohn einer Adelsfamilie geboren. Er studierte in Rom, doch dort entsetzten ihn sexuelle Ausschweifung, Ausbeutung und Korruption so sehr, dass er sein Studium abbrach und sich in eine Asketengemeinschaft zurückzog. Er sann ausführlich über das Leben nach und gründete 529 das berühmte Kloster auf dem Monte Cassino, das Mutterkloster des westlichen Mönchtums. Seine Grundgedanken waren die Abkehr von den weltlichen Genüssen und eine Konzentration auf geistige Dinge. In Montecassino stellte Benedikt auch seine Klosterregel auf, deren Grundpfeiler das Gebet, die Arbeit und das Studium bilden. „Ora et labora" (Bete und arbeite) wurde in der Folgezeit nicht nur das Motto der Benediktiner, sondern zahlloser westlicher Ordensgemeinschaften.

Mit seinen Regeln schuf Benedikt einen Leitfaden für das klösterliche Leben und den spirituellen Weg des Einzelnen, der bis heute maßgeblich geblieben ist. Doch auch wenn sie ursprünglich das Zusammenleben im Kloster beschreiben, lassen sich Benedikts Regeln ebenso gut im Alltag anwenden – vor allem seine Vorschriften zur Ernährung und zum richtigen Maß bei Essen und Trinken. Für Benedikt ist die Sorge um den Leib genauso wichtig wie die Sorge um die Seele. Deshalb beschäftigt er sich in seiner Regel auch ausführlich mit der Klosterküche und der richtigen Ernährung. Er teilt die Essenszeiten und damit die Fastenzeiten in vier große Abschnitte ein:

- Zwischen Ostern und Pfingsten wird zweimal täglich gegessen, und zwar mittags und abends.
- Im Sommer gibt es an den traditionellen Fastentagen der Kirche (also mittwochs und freitags) nur eine Mahlzeit am Tag.
- Vom 14. September bis kurz vor Weihnachten und von Januar bis zu Beginn der vierzigtägigen Fastenzeit vor Ostern wird ebenfalls nur einmal pro Tag gegessen. Diese Mahlzeit kommt „zur neunten Stunde", also um 15 Uhr, auf den Tisch.
- Auch während der vierzigtägigen Fastenzeit selbst gibt es nur eine Mahlzeit pro Tag, diesmal jedoch am frühen Abend.

Darüber hinaus legt Benedikt von Nursia in seiner Regel genau fest, wie die Fastenzeit im Kloster ablaufen soll:

Das Leben des Mönchs ist an sich „Fastenzeit".
Nur wenige haben die Kraft dazu. Darum sollen alle wenigstens in der Zeit der vierzigtägigen Fasten ein Leben der Strenge führen.
In dieser Zeit soll man sich von allen Nachlässigkeiten des Jahres reinigen. Das aber heißt: sich vor seinen Fehlern hüten, fest beten, geistliche Lesung halten, die Fehler mit dem Herzen einsehen und bereuen, sich in Speis und Trank merklich zurückhalten.
In der Fastenzeit wollen wir also unserem gewöhnlichen Mönchsdienst einiges hinzufügen an Gebet und Opfer.
Jeder bringe aus eigenen Antrieb „mit der Freude […], die der Heilige Geist gibt", (1 Thess 1,6) ein Opfer dar:
Man entziehe sich etwas an Essen, Trinken, Schlaf, Gespräch, Scherzrede. Man erwarte in geistlicher Sehnsucht und Freude das Osterfest.
Was einer an Fastenwerk tun will, zeige er im Voraus dem Abt an. Es geschieht nur mit seinem Segen, mit seiner Zustimmung.
Man tue überhaupt nichts ohne Wissen des Abtes.

(Benediktiner-Regel, Kapitel 49)

Eine große Ausnahme gibt es jedoch: Wenn sich Gäste im Kloster aufhalten, werden sie „normal“ bewirtet, ihnen darf es nicht an Speis und Trank fehlen, wie es im Kapitel 53 der Benediktiner-Regel heißt: „Man betet mit dem Gast, liest ihm aus der Heiligen Schrift vor, isst mit ihm, bricht seinetwegen sogar das Fasten. In allem sei man ein aufmerksamer Gastgeber.“

Weit wichtiger als ein konkreter Speiseplan ist für Benedikt das „rechte Maß“, das nicht nur für das Essen, Trinken und Fasten, sondern auch für Schlafen, Reden und Arbeiten gilt. In seiner Regel schreibt er dazu Folgendes:

Die Unmäßigkeit ist vor allem zu vermeiden; bei einem Mönch komme es nie zur Übersättigung, denn nichts verträgt sich weniger mit einem Christen als die Unmäßigkeit. Der Herr sagt ja: nehmt euch in Acht, dass nicht die Unmäßigkeit das Herz belaste.

(Benediktiner-Regel, Kapitel 39)

Vor allem ist für Benedikt von Nursia die Fastenzeit jedoch eine Gelegenheit, sich auf die wichtigen Dinge des Lebens zu konzentrieren. Im Mittelpunkt steht dabei die Selbstbeobachtung. Dazu ordnet Benedikt an, dass jeder Mönch während der Fastenzeit ein Buch lesen und sich so auf sein Inneres konzentrieren solle.

Die heutige Fastenordnung der katholischen Kirche

Im Laufe der Kirchengeschichte sorgten die oftmals komplizierten Fastenvorschriften für einige Verwirrung. Deshalb wurde im Vorfeld des Zweiten Vatikanischen Konzils beschlossen, diese zu vereinfachen und die Bischöfe eines jeweiligen Landes mit der Regelung der Fastenvorschriften zu betrauen. Für die Gesamtkirche verbindlich sollte jedoch das Fasten am Karfreitag bleiben. 1966 ordnete Papst Paul VI. in der apostolischen Konstitution „Paenitemini“ die kirchliche Fasten- und Bußdisziplin neu. Diese Vorgaben berücksichtigt auch das erneuerte Kirchenrecht von 1983.

Wie soll heute nun also gefastet werden? 1986 legte die Deutsche Bischofskonferenz in ihrer Bußordnung Folgendes fest: An Fasttagen sind eine einmalige Sättigung und, falls nötig, zwei kleine Stärkungen erlaubt. Fasttage sind Aschermittwoch und Karfreitag.

Und wer muss sich an diese Vorschrift halten? Grundsätzlich alle Katholiken zwischen dem 21. und dem 60. Lebensjahr, doch gibt es hier einige Ausnahmen. So brauchen sich Kranke, Schwache, Schwangere oder stillende Frauen nicht an das Fastengebot zu halten. Auch arme Leute wie Bettler, die ihre Speisen nicht so beschaffen können, dass sie sich mit einer einzigen Mahlzeit sättigen können, sind ausgenommen. Auch wer schwer körperlich oder geistig arbeiten muss oder auf Reisen ist, darf an den Fasttagen in normalem Umfang Nahrung zu sich nehmen.

An den beiden Fasttagen soll jedoch nicht nur gefastet werden, sondern die Menschen sollen auch Abstinenz üben. Was bedeutet dies? Das Gebot der Abstinenz kann auf unterschiedliche Weise befolgt werden, zuerst einmal beim Essen. Hier bedeutet Abstinenz nichts anderes als auf Fleischspeisen zu verzichten. Milchprodukte, Eier oder tierische Fette als Zutaten zu anderen Speisen dürfen jedoch nach wie vor verzehrt werden. Darüber hinaus kann man auch im geistigen Bereich Abstinenz üben, zum Beispiel indem man sein Konsumverhalten einschränkt, auf Genussmittel verzichtet oder Werke der Nächstenliebe ausführt. In welchem Bereich man nun Abstinenz übt, bleibt jedem Katholiken selbst überlassen – was zählt, ist die richtige innere Einstellung dazu.

Neben den beiden Fasttagen Karfreitag und Aschermittwoch soll auch an allen Freitagen Abstinenz gehalten werden – es sei denn, ein hoher Festtag wie zum Beispiel das Weihnachtsfest fällt auf einen Freitag. Allerdings muss man an den „normalen" Freitagen nicht zusätzlich fasten.

Das Abstinenzgebot gilt für alle Katholiken ab dem 14. Lebensjahr. Auch hier gibt es wieder die oben angeführten Ausnahmen. Und auch Menschen, denen Fleisch „aufgetischt" wird, etwa bei einer Einladung, und die es nicht einfach ablehnen können, brauchen kein schlechtes Gewissen zu haben. Dasselbe gilt auch für jemanden, der irrtümlich Fleisch zubereitet hat und es nicht ohne Schaden aufheben kann.

Verwirrt? Kurz zusammengefasst: Nehmen Sie am Aschermittwoch und am Karfreitag nur eine einzige Mahlzeit zu sich, und zwar eine fleischlose, und verzichten Sie an den übrigen Freitagen ebenfalls auf Fleisch.

Die modernen Klöster setzen diese Vorschriften meist folgendermaßen um: Gefastet wird in der Regel mittwochs und freitags, es sei denn, einer dieser Tage ist ein Feiertag. Und Fasten bedeutet hier auch meist nur den Verzicht auf Fleisch. Die Bußzeit vor Ostern gilt ebenso als Fastenzeit: Dann kommt nur mittags eine größere Mahlzeit auf den Tisch, morgens und abends nur ein kleines fleischloses Gericht. Und auch so manch alter Brauch wird in den Klöstern heute wieder gerne praktiziert: So schweigen die Bewohner eines Klosters während der Mahlzeiten oder lesen aus einem Buch vor.

Und wie sieht es bei den Protestanten aus? Hier gibt es keine kirchlichen Vorgaben zum Fasten oder zur Abstinenz, doch üben sich viele Gläubige freiwillig eine Zeit lang in Enthaltsamkeit. So gibt es in der evangelischen Kirche eine Aktion „Sieben Wochen ohne“, die nicht unbedingt nur den Verzicht auf bestimmte Nahrungsmittel beinhaltet, sondern darüber hinaus eine selbst gewählte Einschränkung beim Gebrauch von Luxusgütern: Fernsehen, Rauchen, Shopping und so weiter – auch hier sollte es einmal, von Aschermittwoch bis Ostersonntag, „sieben Wochen ohne“ gehen.

Die vierzigtägige Fastenzeit

Dem Osterfest, dem höchsten Fest der christlichen Kirche, geht eine vierzigtägige Fastenzeit voraus, im Lateinischen „Quadragesima“ genannt. Warum gerade vierzig Tage? Die Zahl „vierzig“ hat in der Bibel eine besondere Bedeutung. Zum einen wanderte das Volk Israel auf seinem Weg ins gelobte Land vierzig Jahre lang durch die Wüste. Und zum anderen gibt es natürlich auch die Fastenzeiten von Mose und Jesus: Beide verzichteten vierzig Tage auf Speis und Trank, bevor sie ihre großen Aufgaben angingen. In Erinnerung daran setzte man als Beginn der Fastenzeit den Aschermittwoch fest und schuf damit auch einen Gegensatz zu den „tollen Tagen“ des Faschings, an denen noch einmal hemmungslos geschlemmt werden darf. Dies zeigt sich übrigens auch in dem Begriff „Karneval“ selbst, der nichts anderes ist als eine Verballhornung der lateinischen Worte „Carne vale!“, auf Deutsch: „Fleisch ade!“.

Und noch ein weiterer Aspekt ist mit der Zahl von vierzig Tagen verknüpft. Aus medizinischer Sicht entspricht dies in etwa der Zeit, die ein gesunder Mensch ohne feste Nahrung auskommen kann, ohne dass bleibende Schäden am Organismus entstehen.

Auch die Adventszeit war ursprünglich als „kleine Fastenzeit“ gedacht, um sich spirituell auf das Weihnachtsfest vorzubereiten. Zu dieser Zeit sollte ebenfalls auf Fleisch und Süßigkeiten verzichtet werden und erst nach der Christmette durfte wieder herzhaft geschlemmt werden. Heute allerdings ist diese Tradition im Alltag nicht mehr spürbar – versüßt doch der Adventskalender den Kindern die Wartezeit aufs Christkind und auch der Nikolaus wartet mit so manchen leckeren Gaben auf (zumindest bei braven Kindern).

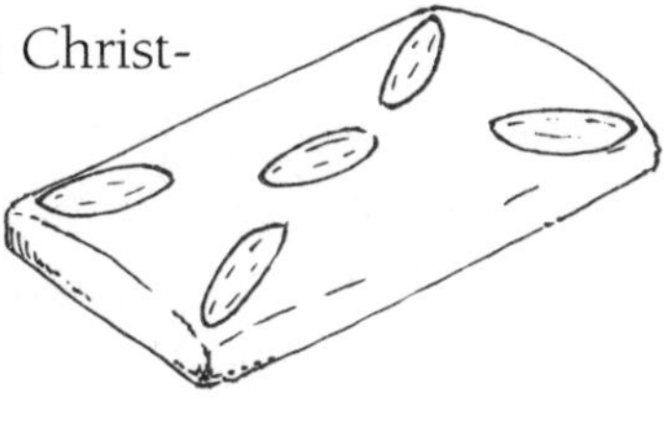

Fastenbräuche

Haben Sie schon einmal am Hungertuch genagt? Im sprichwörtlichen Sinn vielleicht schon, doch wissen Sie auch, woher diese Redensart kommt? Schon in der frühchristlichen Zeit wurden während der Passionszeit Kreuz, Bilder und Reliquiare im Altarraum mit einem Tuch verhüllt. Um die erste Jahrtausendwende entstand dann der Brauch, während der ganzen Fastenzeit ein schwarzes oder violettes Tuch vor dem Altar aufzuhängen. Dieses Tuch wurde „Hungertuch" genannt, weitere Bezeichnungen sind „Fastentuch" oder „Kummertuch". Später geriet dieser Brauch in Vergessenheit und wurde erst 1976 von der Aktion Misereor der deutschen Bischöfe wieder belebt. Ob jemand tatsächlich einmal so sehr gefastet hatte, dass er am Hungertuch nagen musste, ist allerdings nicht bekannt …

Die Bayern – und nicht nur diese – kennen und lieben sie: die Starkbierzeit. Doch warum fällt diese ausgerechnet in die Fastenzeit? „Schuld“ an diesem Brauch hat der Orden der Paulaner, denn der Geburtstag des Ordensgründers Franz von Paula, der 2. April, fällt in den meisten Jahren genau in die Fastenzeit. Um ihren Ordensgründer angemessen zu feiern, stellten die Paulaner ein besonders starkes Bier her: den Doppelbock.

Doch warum durfte man während der Fastenzeit überhaupt Bier trinken? Sollte man hier nicht auch lieber auf Alkohol verzichten? Zum einen hat Bier einen hohen Nährwert und dieselben Bestandteile wie Brot, nämlich Getreide, Hefe und Wasser – nur der Hopfen kommt noch zusätzlich in das Gebräu. Man könnte also ohne weiteres vom Bier satt werden, nicht umsonst wird es auch „flüssiges Brot“ genannt. Darüber hinaus besagt ein alter kirchlicher Grundsatz: „Liquida non frangunt ieiunium“, zu Deutsch: „Flüssiges bricht das Fasten nicht.“ Wenn also schon das Essen zur Fastenzeit streng reglementiert war, konnte man dennoch ungeniert Bier trinken! Was lag also näher, als zur Fastenzeit ein besonders starkes Bier zu brauen, sodass man auch weiterhin genug Nahrung zu sich nahm? Dieser Brauch hat sich bis heute gehalten, auch wenn in der Zwischenzeit natürlich die schädliche Wirkung des Alkohols allgemein bekannt ist.

Noch ein weiteres bayerisches „Schmankerl" haben wir übrigens der Fastenzeit zu verdanken: die Breze oder Brezel. Das Laugengebäck enthält kein Fleisch, ist aber dennoch sehr nahrhaft und schmeckt darüber hinaus wunderbar. Auch ihre Form und ihr Name haben ihren Ursprung bei den Mönchen. Der Begriff „Breze" stammt vom lateinischen „bracchium" (Arm), denn die Form des Gebäcks erinnert an die gekreuzten Arme eines betenden Mönches.

Eine weitere Ausnahme von den Fastenvorschriften wird vor allem die Herzen aller Naschkatzen höher schlagen lassen: „Wer Schokolade isst, bricht keinerlei Fastengebot", befand nämlich Papst Pius V. (1504–1572). Wer auf Fleisch verzichtete, konnte sich seitdem an Schokolade gütlich tun.

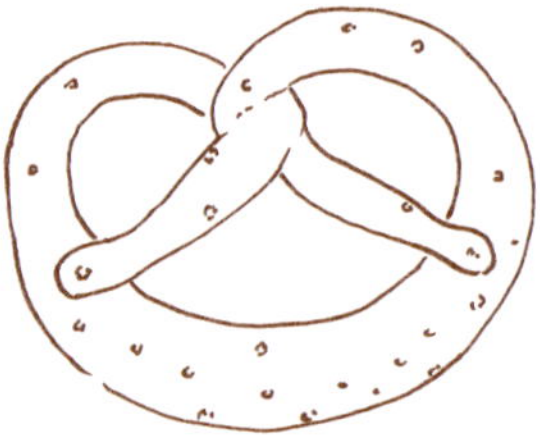

Was bewirkt Fasten?

Im letzten Kapitel haben wir gesehen, wie sich das Fasten im Laufe der Jahrhunderte in der klösterlichen Tradition etabliert hat. Schon immer wussten die Menschen, dass der Verzicht auf Nahrung nicht nur für spirituelle Erlebnisse offen macht, sondern auch Körper und Seele gut tut, wenngleich die medizinischen Zusammenhänge zu jenen Zeiten noch lange nicht bekannt waren. Heute sind die seelischen und körperlichen Wirkungen des Fastens erforscht – welche dies sind, zeigt Ihnen das folgende Kapitel.

Was bewirkt Fasten?

Körperliche Ebene:

- Entlastet die Verdauungsorgane, den Bewegungsapparat sowie Herz und Kreislauf,
- entwässert, entsalzt und entgiftet den Körper,
- reduziert Übergewicht,
- hilft gegen viele Krankheiten und Beschwerden,
- gibt Kraft und Energie.

Seelische Ebene:
- Steigert die Konzentration,
- bietet einen Weg zur Erfahrung der Sinne,
- lässt uns erkennen, was wirklich wichtig ist,
- zeigt uns einen Weg zur Besinnung,
- verhilft uns zu einer neuen Lebenseinstellung.

Die folgenden Abschnitte befassen sich nun näher mit den einzelnen Wirkungen des Fastens.

Wirkung auf körperlicher Ebene

Zunächst einmal wirkt das Fasten auf körperlicher Ebene – und das ist einer der Hauptgründe, warum sich viele Menschen einer Fastenkur oder auch einer Diät unterziehen. Sie wollen abnehmen oder den Körper entschlacken. Tipps zum Abnehmen findet man allerdings viele: Unzählige Bücher, Artikel in Zeitungen und Zeitschriften und Kurse in Volkshochschulen und Kliniken beschäftigen sich ausführlich mit diesem Thema. Ob man nun auf Kohlehydrate verzichtet, auf Zucker oder nur Rohkost isst – für jeden Geschmack ist etwas dabei. Doch warum entscheiden sich Menschen ausgerechnet für eine Fastenkur, und dann vielleicht auch noch im Kloster? Gibt es doch sicher angenehmere Methoden, um ein paar überflüssige Pfunde loszuwerden, als eine Woche lang überhaupt nichts zu essen.

Genau diese Vorstellung, eine begrenzte Zeit lang völlig auf Speis und Trank zu verzichten, wirkt auf viele Menschen erst einmal befremdlich. Sie haben Angst, „vom Fleisch zu fallen", und befürchten, dann nicht mehr die vollen Leistungen erbringen zu können. Diese Bedenken sind leicht nachzuvollziehen. Doch hat ein gesunder Körper vorgesorgt: Er verfügt meistens über einige Vorratsspeicher. Normalerweise nehmen wir weit mehr Energie (gemessen in Kalorien) zu uns, als wir verbrauchen. Diesen Überschuss wandelt unser Organismus in Fett um, das er in Fettdepots einlagert. Diese Depots kennen wir als ungeliebte Fettpölsterchen – beim einen fallen sie größer aus, beim anderen dagegen sieht man sie kaum. Wenn wir nun eine Zeit lang keine oder nur wenig feste Nahrung zu uns nehmen, greift unser Körper auf diese Vorräte zurück und kann so eine bestimmte Zeit lang trotzdem ganz normal funktionieren. Angenehme Begleiterscheinung: Die Fettdepots werden abgebaut und wir nehmen ab.

Obwohl der Körper also beim Fasten beinahe normal weiterfunktionieren kann, findet im Organismus dennoch eine radikale Umstellung statt, da sich der Ablauf der Stoffwechselvorgänge völlig verändert. Deshalb sollten Sie Ihren Körper stets behutsam auf das Fasten vorbereiten und nicht einfach von einem Tag auf den anderen das Essen einstellen. Achten Sie bereits in den Tagen vor der Fastenkur auf eine gesündere Ernährung und verzichten Sie schon einmal auf Fleisch und Süßigkeiten.

Doch was passiert nun genau in unserem Körper, wenn wir keine Nahrung mehr zu uns nehmen? Zuerst einmal stellt sich ein Gefühl ein, das wir alle nur zu gut kennen: Wir bekommen Hunger. Damit macht uns unser Magen darauf aufmerksam, dass er sozusagen arbeitslos ist und nichts mehr zu tun hat. Außerdem sinkt unser Blutzuckerspiegel, da der Körper zwar nach wie vor Zucker verbraucht, aber keinen Nachschub mehr bekommt. An diesem Punkt greift unsere Leber ein: Sie übernimmt die Aufgabe, Glukose (ein einfacher Zucker) herbeizuschaffen. Diese Glukose ist so lebenswichtig, weil unser Blut mit ihr Energie in die einzelnen Körperzellen transportiert. Wie viel Glukose im Blut ist, wird durch einen komplizierten hormonellen Vorgang reguliert – Störungen in dieser Regulierung können unter anderem zu einem erhöhten Blutzuckerspiegel und damit zu Diabetes führen.

Woher nimmt nun aber die Leber die Glukose? Ganz einfach: Sie kann den Zucker, den wir normalerweise täglich zu uns nehmen, in der Form von Glykogen speichern und bei Bedarf schnell wieder mobilisieren. Hat die Leber diese Glykogenvorräte aufgebraucht (dies ist ab dem zweiten Fastentag der Fall), so greift sie die nächste Stufe der verfügbaren Vorräte an: Fette und Eiweiße. Auch daraus kann sie Glukose herstellen und so den Körper mit Zucker versorgen. Dazu benötigt die Leber ein bestimmtes Enzym, das sie jedoch erst während des Fastens herstellt. Dies ist für den Organismus sehr anstrengend und daher leiden wir während der ersten Fastentage häufig an Müdigkeit und Kreislaufschwäche. Und noch in einem anderen Bereich ist die Leber während des Fastens sehr aktiv: Sie muss verstärkt Gifte unschädlich machen, die sich im Laufe der Zeit in unserem Eiweiß- und Fettgewebe eingelagert haben und durch das Fasten nun frei werden. Bei dieser Aufgabe können Sie Ihre Leber unterstützen: Verzichten Sie während des Fastens auf Koffein, Nikotin und Alkohol, damit sie nicht noch zusätzlich arbeiten muss.

Nicht nur die Leber, sondern auch die Nieren arbeiten auf Hochtouren, um den Körper zu entgiften. Die Giftstoffe werden zum Teil über die Haut ausgeschieden, daher kann in dieser Zeit ein unangenehmer Körpergeruch auftreten. Durch häufiges Duschen oder Baden können Sie Ihrer Haut bei der Reinigung helfen. Tragen Sie außerdem Kleidung aus Naturfasern, denn sie können Ausdünstungen besser aufnehmen als Kunstfasern.

Das Hungergefühl bleibt uns während der ersten beiden Fastentage übrigens noch erhalten, erst ab dem dritten oder vierten Tag lässt es nach. Die meisten Organe können sich nun ausruhen und regenerieren. Der Magen zum Beispiel muss kaum noch die zur Verdauung nötige Magensäure produzieren, sodass auch die Magenschleimhaut entlastet wird. Der Darm hat weniger zu tun, da er „nur noch“ flüssige Nahrung sowie abgestorbene Bakterien und Gewebezellen abführen muss. Und auch Bauchspeicheldrüse und Gallenblase können ihre Tätigkeiten einschränken und sich ein wenig erholen.

Schließlich reduziert während einer Fastenperiode auch unser Gehirn seinen Zuckerverbrauch, bleibt dabei jedoch trotzdem erstaunlich leistungsfähig. Viele Menschen fühlen sich nun sogar leistungsfähiger als sonst. Doch Vorsicht: Zu kurzfristigen Leistungen, zum Beispiel Sprints, ist der Körper jetzt nicht fähig. Besser sieht es mit Bewegungen aus, bei denen es eher um Kondition oder Ausdauer geht: Spazierengehen, Radfahren oder Schwimmen ist jetzt genau das Richtige für Sie!

Fasten gegen körperliche Beschwerden

Sie haben gesehen, welche Auswirkungen das Fasten auf die verschiedenen Organe unseres Körpers hat. Im Folgenden wird Ihnen erläutert, bei welchen körperlichen Beschwerden Sie mit Fasten nun ganz gezielt Abhilfe schaffen können.

Viele Menschen hoffen beim Fasten auf einen Gewichtsverlust und in der Tat stellt sich dieser auch ein, da der Körper nun auf die eingelagerten Fette zurückgreift und diese in Energie umwandelt. Doch ist das Heilfasten wie auch das Fasten im Kloster auf kurze Zeiten begrenzt und daher nicht geeignet, um dauerhaft große Mengen an Gewicht zu verlieren. Eine Fastenkur kann daher bestenfalls als Einstieg in eine dauerhafte Ernährungsumstellung dienen. Und sie steigert unsere Motivation, denn sie zeigt, dass wir verhältnismäßig schnell abnehmen können und trotzdem ausgeglichen bleiben!

Bei einer ganzen Reihe von Beschwerden oder Erkrankungen können Sie mit einer Fastenkur durchaus zur Linderung beitragen. Dazu gehören:

– Asthma
– Bluthochdruck
– depressive Verstimmungen
– Diabetes Typ 2
– Durchblutungsstörungen
– Gelenkerkrankungen, zum Beispiel Arthrose und Arthritis

- Gicht
- Herz-Kreislauf-Erkrankungen
- hoher Cholesterinspiegel
- Kopfschmerzen und Migräne
- Krankheiten des Magen-Darm-Traktes
- niedriger Blutdruck
- Parodontose
- rheumatische Erkrankungen

Wer wegen einer dieser Erkrankungen in ärztlicher Behandlung ist und regelmäßig Medikamente einnehmen muss, sollte vor dem Fasten auf jeden Fall mit seinem Arzt sprechen. Bei einigen Krankheiten sollte man außerdem auf das Fasten völlig verzichten (siehe Kapitel „Die richtige Vorbereitung“).

Wirkung auf geistiger Ebene

Neben all diesen Folgen auf körperlicher Ebene wirkt Fasten auch auf seelischer oder geistiger Ebene. Auch hier können wir „entschlacken“, uns von alten Gedanken und Gefühlen trennen und sie durch neue ersetzen. Wie wir im vorigen Kapitel gesehen haben, gilt die Fastenzeit im Kloster immer auch als eine Zeit der Besinnung. Die Konzentration wird von äußeren Dingen – wie etwa dem Beschaffen und Zubereiten von Nahrungsmitteln – auf die inneren Vorgänge in unserer Seele gelenkt.

Wie bereits geschildert, setzen das Fasten und die damit verbundene Umstellung des Stoffwechsels einen Reinigungsprozess im Körper in Gang. Unterstützen Sie diesen Reinigungsprozess auch auf seelischer und geistiger Ebene, so dass Sie sozusagen ganzheitlich fasten. Schön ist es, wenn Sie sich während dieser Zeit an einen ruhigen, erholsamen Ort, zum Beispiel in ein Kloster, zurückziehen können. Zumindest sollten Sie sich während des Fastens nicht allzu viele Termine aufladen und möglichst stressfrei leben, damit sich auch Ihre Seele von den Strapazen des Alltags erholen kann.

Während einer Fastenwoche arbeiten viele unserer Organe auf Sparflamme und so kann die Energie, die normalerweise für die Verdauung verwendet wird, anderweitig eingesetzt werden. Dieser Vorgang setzt oft psychische Mechanismen und Veränderungen in Gang. So kann es zum Beispiel vorkommen, dass wir intensiver träumen und unsere Umgebung deutlicher wahrnehmen. Auch kreative Schübe sind nun keine Seltenheit. Viele Menschen finden diese psychischen Entwicklungen sogar beeindruckender als die körperlichen Veränderungen, die das Fasten hervorruft.

Da wir durch die Konzentration auf das Innere sensibler und empfindsamer werden, werden wir oft mit Dingen konfrontiert, die uns unangenehm sind und die wir bisher vielleicht verdrängt haben. Das kann sich in Alpträumen oder Unruhezuständen äußern. Wir empfinden diesen Vorgang vielleicht zunächst als unangenehm, doch bietet er uns eine große Chance: Wir können uns nun auch innerlich reinigen und uns von Sorgen befreien, die uns bis jetzt belastet haben.

Häufige Fastenbeschwerden

Wie bereits erwähnt, läuft beim Fasten ein anderes Energieprogramm in Ihrem Körper ab als sonst, da der Organismus auf die eingelagerten Vorräte zurückgreift. Daher treten häufig einige Beschwerden auf, die „Fasten-Neulinge" leicht verunsichern können.

Gerade an den ersten Fastentagen kann es zu Darmkrämpfen kommen, da der Darm seine Aktivitäten nun herunterschraubt, gleichzeitig jedoch noch Reste des Darminhalts abführen muss. Hier helfen Entblähungstees oder Wickel, unter Umständen kann auch ein Einlauf Linderung verschaffen (zur richtigen Anwendung von Wickeln und Einläufen siehe S. 110 ff.).

Hungergefühle sind in den ersten Fastentagen ganz normal und werden häufig von Magenknurren begleitet. Sie entstehen, weil Magen und Darm sich immer noch bewegen, obwohl sie eigentlich nichts mehr zu tun haben. Trinken Sie viel, eventuell schafft auch hier ein Einlauf Abhilfe. Am dritten Tag verschwindet das Hungergefühl dann meist von selbst.

Da der Darm während einer Fastenperiode relativ träge ist, kann es leicht zu Verstopfung kommen. Hier helfen Bitter- oder Glaubersalz oder ein abführender Einlauf.

Auch frieren wir während einer Fastenperiode leichter als sonst, da der Körper weniger Wärme produziert und die Gliedmaßen weniger gut durchblutet werden. Dagegen gibt es zum Glück ein einfaches Mittel: Mit warmer Kleidung, einer Tasse Tee, einer Wärmflasche oder einem Bad stellt sich schnell wieder ein wohliges Wärmegefühl ein.

Darüber hinaus kann das Einschlafen problematisch werden – zum Beispiel, weil uns durch die neue Besinnung auf uns selbst zu viele Gedanken im Kopf herumschwirren und wir nicht mehr abschalten können. Meist hilft es nicht viel, wenn wir uns nur im Bett herumwälzen – versuchen Sie es doch einmal mit dem folgenden Trick: Nehmen Sie Ihr Fastentagebuch zur Hand und schreiben Sie Ihre Gedanken auf. So verleihen Sie diesen nicht nur Struktur, sondern legen sie gleichzeitig auch ab – die Gedanken sind jetzt in Ihrem Tagebuch und Ihr Kopf ist frei.

Wie bereits erwähnt, scheidet unser Körper einen Teil der Giftstoffe über die Haut aus. Die Folge ist ein unangenehmer Körpergeruch, gegen den häufiges Waschen oder Baden hilft. Auch Mundgeruch ist eine häufige Folge von Fasten, da sich die Bakterienflora im Gaumen- und Rachenraum verändert. Ein Zungenschaber oder das Kauen von frischen Kräutern (zum Beispiel Dill oder Petersilie) können hier Abhilfe schaffen, auch Salbeitee wirkt antibakteriell.

Da unser Körper während des Fastens auf Sparflamme fährt und Blutdruck und Blutzuckerspiegel sinken, fühlen wir uns vor allem an den ersten Fastentagen häufig müde und schwach. Gönnen Sie sich daher viel Ruhe, halten Sie einen Mittagsschlaf und legen Sie sich hin, wenn Sie das Bedürfnis dazu verspüren. Um Ihren Kreislauf ein wenig in Schwung zu bringen, sollten Sie viel an die frische Luft gehen, leichte Gymnastikübungen machen und viel trinken.

Nicht selten haben Fastende auch mit Stimmungsschwankungen zu kämpfen. Diese entstehen unter anderem durch den sinkenden Blutzuckerspiegel. Hier hilft Bewegung oder eine Aromatherapie. Auch Gespräche mit anderen Fastenden oder Literatur (keine Krimis oder Thriller!) können positiv auf unsere Psyche wirken.

Versuchungen und Krisen

Am dritten Fastentag stellt sich gerne ein allgemeines Unwohlsein ein, das auch als „Fastenkrise“ bezeichnet wird. Sie entsteht dadurch, dass sich unser Stoffwechsel noch nicht auf die Fettverbrennung umgestellt hat, sondern immer noch auf Nahrung wartet. Trinken Sie in diesem Fall viel und belasten Sie Körper und Kreislauf nur sehr wenig. Auch ein Gläschen Herzwein nach Hildegard von Bingen (siehe S. 138) kann gegen die Fastenkrise Abhilfe schaffen. Weitere Begleiterscheinungen der Fastenkrise sind Kopfschmerzen, Schwindel, Schwäche und Kreislaufstörungen.

Erste Hilfe bei Fastenkrisen

Jetzt nicht die Flinte ins Korn werfen – mit ein paar einfachen Mitteln können Sie Ihre Fastenkrise überwinden:

- Trinken Sie viel, um die Ausscheidung zu fördern.
- Gönnen Sie sich viel Ruhe und Wärme.
- Machen Sie einen Einlauf.
- Gehen Sie die Dinge ruhig an und nehmen Sie keine unnötigen Belastungen auf sich.

Fasten nach Hildegard von Bingen

Wer sich mit der klösterlichen Küche und Medizin beschäftigt, wird immer wieder auf einen Namen stoßen: Hildegard von Bingen. Ihr haben wir eine Ernährungslehre zu verdanken, deren Regeln zum größten Teil heute noch gültig sind. Auch zum Fasten gab Hildegard von Bingen wertvolle Empfehlungen.

Die Ernährungslehre der Hildegard von Bingen

Wer war eigentlich diese Frau, der wir unter anderem die große Beliebtheit des Dinkels zu verdanken haben? Hildegard von Bingen (1098–1179) gilt als eine der bedeutendsten, wenn nicht sogar *die* bedeutendste Frau des Mittelalters: Dichterin, Komponistin, Mystikerin und Seherin. Nicht zuletzt wird sie auch als Heilige verehrt, obwohl sie offiziell nie heilig gesprochen wurde.

Geboren wurde die weise Frau nahe dem rheinhessischen Alzey, als zehntes Kind des Grafen Hildebert von Bermersheim und seiner Frau Mechthild. Schon im Alter von drei Jahren soll das kleine Mädchen eine visionäre Begabung besessen haben, doch behielt es diese Erfahrungen zunächst für sich. Im Alter von acht oder neun Jahren wird Hildegard der Klausnerin Jutta von Sponheim zur Erziehung übergeben – eine Praxis, die unter den Adeligen im europäischen Hochmittelalter keineswegs unüblich war. Juttas Klause war an die Benediktinerabtei auf dem Disibodenberg angegliedert. Mit etwa 15 Jahren beschloss Hildegard, das Ordensgelübde abzulegen und Benediktinerin zu werden.

Sie lebte jahrelang auf dem Disibodenberg, beschäftigte sich mit Theologie, Philosophie und Naturheilkunde und galt schon bald als herausragende Persönlichkeit. Nach Juttas Tod 1136 wurde Hildegard zur Priorin der Klause gewählt. Fünf Jahre später nahm ihr Leben eine entscheidende Wendung. Hildegard selbst beschreibt es in ihrem Werk „Scivias“ so: „Im Jahre 1141 … kam ein feuriges Licht mit Blitzesleuchten vom Himmel hernieder. Und plötzlich entschloss sich mir der Sinn der Schriften … Und ich vernahm eine Stimme vom Himmel, die zu mir sprach: „Schreibe auf, was du siehst und hörst!“ Von diesem Zeitpunkt an sah Hildegard sich als Werkzeug und Sprachrohr Gottes. Unterstützung bekam sie dabei von Bernhard von Clairvaux, dem Gründer des Zisterzienserordens, einem der einflussreichsten Denker seiner Zeit. Sie begann, ihre Visionen und ihre eigenen theologischen Gedanken niederzuschreiben. In den folgenden Jahren verfasste sie unter anderem ihre drei Visionenbücher „Scivias – Wisse die Wege“, „Liber vitae meritorum – Buch über die Lebensverdienste“ und „Liber divinorum operum – Das Buch vom Wirken Gottes“. Außerdem komponierte sie über 70 geistliche Gesänge und verfasste christliche Abhandlungen und Schriften zur Medizin und Naturheilkunde. Auf dem Rupertsberg bei Bingen gründete sie währenddessen ihr eigenes Kloster.

Einer ihrer größten Förderer war Papst Eugen III. Mit seiner Unterstützung äußerte Hildegard sich immer öfter zu den religiösen, politischen und gesellschaftlichen Fragen ihrer Zeit. Sie führte eine intensive Korrespondenz mit Päpsten, Kaisern, Fürsten und Äbten, aber auch mit einfachen Bauern oder Ordensleuten. Des weiteren predigte sie öffentlich und wirkte auf vier großen Predigtreisen im ganzen Land.

Außerdem befasste sich Hildegard intensiv mit der Heilkunde. Für eine Nonne war das zu jener Zeit nichts Ungewöhnliches, denn mit ihren Kräutergärten und Apotheken waren Klöster im Mittelalter die Heilstätten schlechthin. Patienten kamen von nah und fern in der Hoffnung, dass ihnen im Kloster geholfen werde. Vor allem die Benediktiner kümmerten sich um Hilfesuchende von überallher. Auch ihre Erkenntnisse über die Natur und die Heilkunde hielt Hildegard schriftlich fest. In der „Physica" beschreibt sie Arznei- und Heilmittel, in ihrem Werk „Causae et curae" beschäftigt sie sich mit den Heil- und Behandlungsmethoden für verschiedene Krankheiten und erwirbt sich so den Ruf der ersten deutschen Ärztin.

Das für ihre Zeit so Besondere an Hildegard von Bingen war, dass sie einen direkten Zusammenhang zwischen Ernährung und Gesundheit sah und Lebensmittel als wirksame Heilmittel betrachtete. In der europäischen Tradition war dies sensationell, da die Medizin hier eigentlich solche Ansätze bisher nicht kannte – im Gegensatz zur Ayurveda-Heilkunde, der Traditionellen Chinesischen Medizin oder der Makrobiotik der Japaner. Hildegard beschreibt in ihren heilkundlichen Werken nicht nur die Heilwirkung verschiedener Pflanzen und Nahrungsmittel, sondern gibt zugleich auch Tipps für eine gesunde Ernährung. Sie ist davon überzeugt, dass ein Zusammenhang zwischen der Gesundheit eines Menschen und seiner Ernährung besteht. Genau dies macht sie auch in jüngster Zeit so ungeheuer populär.

Und noch ein moderner Ansatz ist bereits in der Schriften der weisen Äbtissin zu finden: Sie begreift die Gesundung von Körper und Seele als Einheit und betont daher stets den Zusammenhang zwischen der psychischen Situation eines Menschen und einer Erkrankung. Auf eben diesem Prinzip beruht heute die so genannte ganzheitliche Medizin. So kommt Hildegard zu einer zentralen Regel für die Lebensführung, zu der Forderung nach „discretio“ (weiser Unterscheidung) oder auch dem richtigen Maß:

Die Seele liebt in allen Dingen das diskrete Maß. Wann auch immer der Körper des Menschen ohne Diskretion isst und trinkt oder etwas anderes dieser Art verrichtet, werden die Kräfte der Seele verletzt [...] In allen Dingen soll sich der Mensch selbst das rechte Maß auferlegen.

(Hildegard von Bingen, Liber divinorum operum)

Und wer seine Seele überfordert, wird laut Hildegard auch körperlich krank. „In allen Dingen das diskrete Maß" bezieht sich übrigens nicht nur auf Essen und Trinken, sondern auch auf Arbeit und Freizeit, Anstrengung und Entspannung. Doch was genau ist nun das „diskrete Maß"? Ein Pauschalrezept kennt auch Hildegard nicht, vielmehr muss jeder Mensch selbst herausfinden, was für ihn richtig ist. Manche Menschen brauchen eben mehr Essen, manche weniger. Keinesfalls sollte es jedoch zur Völlerei kommen:

Bei den Menschen, die [...] trunksüchtig und fresslustig sind und Lust auf üppige Fleischspeisen und andere Gerichte und Getränke haben, nimmt das Blut eine wächserne Farbe an und verdickt sich nach und nach. Weil es wegen der Dickflüs-

sigkeit nicht mehr richtig fließen kann […] durchdringt es ihr Fleisch und ihre Haut, verseucht sie mit dem schädlichen Saft, verunreinigt sie sozusagen und erfüllt sie mit Geschwüren.

(Hildegard von Bingen, Causae et curae)

So sehr Hildegard gegen Völlerei ist, so sehr ist sie jedoch auch gegen übertriebene Askese. Wer seinen Körper durch zu viel Fasten unterdrücke, werde verdrossen und das ziehe weitere Fehlentwicklungen nach sich, meint Hildegard von Bingen.

In ihrer „Physica" beschäftigt sich Hildegard intensiv mit den einzelnen Nahrungsmitteln. Sie gibt gezielte Ratschläge, welche Nahrungsmittel sie für gut befindet und welche man ihrer Meinung nach lieber meiden sollte. Grundlage für ihre Einteilung ist dabei die seit der Antike vorherrschende Lehre von den vier Elementen (Erde, Wasser, Feuer, Luft) und den vier Körpersäften (Blut, Schleim, gelbe und schwarze Galle). Damit es dem Menschen gut geht, müssen die Körpersäfte stets im Gleichgewicht sein – und hierbei spielt die richtige Ernährung eine bedeutende Rolle. Auch durch pflanzliche Mittel, Aderlass oder Schröpfen kann man die Körpersäfte wieder in Einklang bringen. Zusätzlich teilt Hildegard die Lebensmittel in vier weitere Kategorien ein: warm, kalt, trocken und feucht. So wirken „warme“ Nahrungsmittel zum Beispiel auf die Seele, „kalte“ dagegen auf den Körper. Dies muss man wissen, um die kalte oder warme Natur eines Nahrungsmittels so einsetzen zu können, dass es seine volle Wirkung entfaltet.

Hildegards Fastenlehre

Hildegard von Bingen stellt in ihren Schriften kein detailliertes Fastenprogramm auf, doch äußert sie sich immer wieder zum Thema „Fasten“ – denn schließlich spielt der Verzicht auf Nahrung in der klösterlichen Tradition eine bedeutende Rolle. Nach ihren Empfehlungen sollen wir beim Fasten sechs bis zehn Tage keine feste Nahrung zu uns nehmen, sondern nur trinken. Dazu kommt mindestens einmal täglich die Fastensuppe (siehe Rezept S. 126), besser sogar noch zweimal. Diese Suppe sollte stets warm gereicht werden.

Fastenkurse nach Hildegard von Bingen, wie sie heute gerne angeboten werden, greifen in der Regel ihre Ernährungs- und Fastentipps auf und ergänzen sie durch moderne Erkenntnisse.

Unvernünftiges Fasten

Wie bereits erwähnt, sprach sich Hildegard von Bingen gegen übertriebene Askese aus. Deshalb hielt sie auch nichts davon, wenn das Fasten zu lange andauerte, da der Körper dadurch entkräftet wird. Außerdem wies sie darauf hin, dass auch Menschen, die unter Krankheiten leiden, nicht fasten sollten, um ihre Symptome nicht zu verschlimmern und die Gesundheit nicht zu gefährden.

Wenn manche Menschen auf übertriebene Weise beim Essen enthaltsam sind, so dass sie ihrem Körper die richtige, angemessene Stärkung durch das Essen nicht gewähren, und wenn dann auch noch die einen inkonsequent und leichtfertig und die anderen mit vielen schweren Krankheitserscheinungen zu tun haben, dann kommt es manchmal vor, dass in ihrem Körper sozusagen heftige Unruhen entstehen, weil die Elemente in ihnen gegeneinander aufgebracht werden. Denn wenn bei den erwähnten Menschen das Feuer und das Wasser einander entgegenwirken, kommt es oft vor, dass sie sich in einem Gelenk oder an einer anderen Körperstelle gegenseitig bekämpfen und dort eine Beule in Verbindung mit einer Geschwulst im Fleisch entstehen lassen.

(Hildegard von Bingen, Causae et curae)

Hildegard-Fasten und anderes Fasten

Was ist nun aber der Unterschied zwischen dem Fasten nach Hildegard von Bingen und dem „normalen" Fasten, wie es zum Beispiel von Fastenkliniken angeboten wird? Das Hildegard-Fasten besteht grundsätzlich darin, dass man sechs bis zehn Tage keine feste Nahrung zu sich nimmt, sondern nur viel trinkt. Doch das wird bei anderen Fastenkuren ebenfalls gemacht. Beim Fasten nach Hildegard von Bingen kommen allerdings noch ein paar weitere Dinge dazu.

So sollten Sie ein- bis zweimal pro Tag eine so genannte Fastensuppe trinken. Diese besteht aus Dinkelkörnern, Gemüse, Kräutern und Gewürzen und verhindert unter anderem, dass sich ein Hungergefühl einstellt.

Darüber hinaus wird bei Hildegard von Bingen nicht mit Glaubersalz abgeführt wie bei den meisten anderen Fastenkuren, sondern mit Ingwer-Ausleitungskeksen oder Flohsamen (mehr dazu siehe S. 113 ff.). Eventuell wird diese Abführung durch Einläufe unterstützt.

Ein wichtiges Nahrungsmittel bei Hildegard von Bingen ist der Herzwein, der gegen Kreislaufprobleme und Blutzuckerkrisen hilft. Eine Flasche dieses Getränkes sollte man beim Hildegard-Fasten stets parat haben. Auch der Fencheltee spielt bei Hildegard von Bingen eine bedeutende Rolle. Wie die Fastensuppe ist auch er basischer Natur. Dadurch wird der Säure-Basen-Haushalt des Menschen ausgeglichen. Auch der Elektrolyt-Haushalt bleibt im Gleichgewicht, da die Fastensuppe viele Spurenelemente enthält. Dies führt dazu, dass sich Menschen, die nach Hildegard von Bingens Methode fasten, meist sehr viel ausgeglichener fühlen als andere Fastende.

Alle Fastenkuren empfehlen, möglichst viel zu trinken, und zwar am besten Wasser. Hildegard von Bingen hält jedoch nicht viel von „rohem Wasser", also nicht abgekochtem Wasser. Unter diese Kategorie fällt auch Mineralwasser. Obst- und Gemüsesäfte passen ebenfalls nicht in ihr Fastenkonzept. Daher sollte man beim Hildegard-Fasten nur im Notfall auf diese Getränke zurückgreifen – nämlich dann, wenn man eine Abneigung gegen Fencheltee oder die Fastensuppe verspürt. Verdünnen Sie die Säfte aber trotzdem stets, und zwar mit abgekochtem Wasser!

Ein weiteres wichtiges Element des Hildegard-Fastens ist das Habermus-Frühstück, vor allem an den Aufbautagen (Rezept siehe Kapitel „Rezepte für Ihre Fastenwoche"). Da der Dinkel im Körper nur langsam aufgeschlossen wird, fühlt man sich länger satt, und das Müdigkeitsgefühl, das sonst häufig nach dem Essen auftritt, bleibt aus.

❧ Die wichtigsten Fastenmethoden

- Saftfasten nach Dr. Otto Buchinger: Kurzfasten, das etwa eine Woche dauert. Pro Tag nimmt man bis zu 300 kcal zu sich, meist in der Form von Kräuter- und Früchtetees, Gemüse- und Obstsäften sowie Gemüsebrühe.
- Milch-Semmel-Kur nach Dr. F. X. Mayr: Fastenkur, die auf mehrere Wochen angelegt ist. Hier werden in Scheiben geschnittene, drei Tage alte Brötchen mit einem Liter Milch oder Buttermilch zu sich genommen.
- Fasten nach Hildegard von Bingen: Eine Fastenkur dauert sechs bis zehn Tage. Während dieser Zeit nehmen Fastende ein- bis zweimal täglich eine warme Fastensuppe zu sich. Als Getränk wird Fencheltee empfohlen.

Das Fastenprogramm

Sie haben sich also entschlossen zu fasten – nun kann es losgehen! Das folgende Kapitel begleitet Sie durch eine Fastenwoche, gibt Ihnen Tipps zur richtigen Vorbereitung und zeigt Ihnen, was an den einzelnen Fastentagen auf Sie zukommt. Auch für die Zeit nach dem Fasten finden Sie hier Ratschläge und Empfehlungen. Alle Rezepte der erwähnten Suppen, Tees und Gerichte sind im Kapitel „Rezepte für Ihre Fastenwoche" aufgeführt.

Die richtige Vorbereitung

Manch einer von Ihnen mag nun denken: „Warum soll ich mich aufs Fasten vorbereiten? Ich esse eben einfach nichts mehr!" Doch so einfach ist es leider nicht. Beginnen Sie etwa eine Woche vor Beginn Ihres Fastens, sich körperlich und seelisch auf Ihr Vorhaben einzustellen. Schließen Sie wichtige Arbeiten und gesellschaftliche Verpflichtungen ab, damit Sie den Kopf frei haben. Kaufen Sie die Dinge ein, die Sie für das Fasten benötigen, und räumen Sie Ihren

Kühlschrank und Ihr Süßigkeitenfach aus. Es lässt sich nun einmal nicht besonders gut fasten, wenn in der Küche alle möglichen Leckereien auf Sie warten …

Überprüfen Sie auch Ihre innere Einstellung, mit der Sie an das Fasten herangehen. Sie sollten sich sagen „Ich will fasten" und nicht „Ich muss fasten" – denn nur so stehen Sie Ihrem Vorhaben positiv gegenüber. Und wer sich bewusst zu etwas entschließt, dem fällt es meistens auch leichter, diese Sache wirklich „durchzuziehen."

Wenn Sie zum ersten Mal fasten, sollten Sie vorher mit Ihrem Arzt sprechen und ihn über Ihren Plan informieren. Er wird Sie auf eventuelle Gefahren hinweisen, denn wenn Sie unter bestimmten Beschwerden leiden, kann das Fasten unter Umständen gefährlich sein. Auch wenn Sie dauerhaft Medikamente nehmen (dazu gehört auch die Anti-Baby-Pille), sollten Sie unbedingt Ihren Arzt zu Rate ziehen, um die Wirkung des Medikaments nicht zu gefährden.

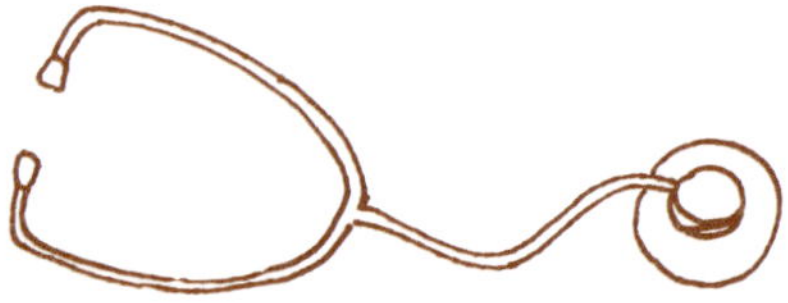

Wann und wo?

Wie vieles im Leben will auch das Fasten seinen richtigen Zeitpunkt haben. Beliebt ist vor allem das Frühjahr, da sich zu dieser Zeit alles Leben erneuert und viele Menschen das Bedürfnis verspüren, auch ihren Körper und ihre Seele einer gründlichen Reinigung und Erneuerung zu unterziehen. Außerdem ist das Frühjahr ein guter Zeitpunkt, um den Winterspeck loszuwerden, den man sich in den vorhergehenden Monaten angefuttert hat! Grundsätzlich gilt jedoch: Fasten kann man zu jeder Jahreszeit. Ausschlaggebend sind hier vor allem die innere Einstellung und die eigene Willensstärke – denn in der Adventszeit mit all ihren süßen Verlockungen eine Fastenwoche durchzustehen, das ist sicherlich nicht jedermanns Sache! Vorsicht ist lediglich im Hochsommer angebracht. Große Hitze belastet den Kreislauf, daher sollten Sie ihm nicht noch zusätzlich eine Stoffwechselumstellung zumuten.

Wichtig ist auch, dass Sie nicht gerade dann eine Fastenwoche durchführen, wenn Sie unter starkem Stress stehen oder anderweitigen körperlichen und seelischen Belastungen ausgesetzt sind. Da es beim Fasten um sehr viel mehr als nur eine reine Gewichtsabnahme geht und oft auch seelische Prozesse in Gang kommen, sollten Sie in Ihrer Fastenwoche auch die nötige Ruhe haben, um sich damit auseinander zu setzen und das Fasten bewusst zu erleben. Ideal ist es natürlich, wenn Sie zu dieser Zeit Urlaub haben. Wenn das nicht möglich ist, sollten Sie die Fastenkur an einem Freitag beginnen (an dem Sie sich nach Möglichkeit frei nehmen). Dann liegen die beiden ersten schwierigen Tage am Wochenende. Auch den Montag, also den dritten Fastentag, sollten Sie sich frei halten, denn dieser Tag ist erfahrungsgemäß am schwierigsten. Danach können Sie wie gewohnt zur Arbeit gehen. Bedenken Sie dabei jedoch, dass beim Fasten Ihr Kreislauf nicht so stabil ist wie normalerweise. Auch werden Sie während dieser Zeit empfindsamer sein als sonst und Ihre Konzentration kann ebenfalls gestört sein – darauf sollten Sie achten, wenn Sie zum Beispiel mit dem Auto unterwegs sind. Menschen, die einen Beruf haben, der sie stark fordert oder sogar überfordert oder in dem sie für andere Menschen verantwortlich sind, sollten nicht im Alltag fasten, sondern sich lieber einige Tage Urlaub nehmen.

Am liebsten wird in den eigenen vier Wänden gefastet, denn dort ist man in der Regel relativ ungestört und hat alle wichtigen Dinge griffbereit. Allerdings lauern dort auch Gefahren, nämlich die alten Ess- und Trinkgewohnheiten. Räumen Sie daher Ihren Kühlschrank aus, bevor Sie mit dem Fasten beginnen, damit Sie gar nicht erst in Versuchung geraten. Und auch gegenüber wohlmeinenden Freunden, Nachbarn und Verwandten sollten Sie sich abschirmen. Spricht es sich nämlich erst einmal herum, dass Sie eine Fastenwoche einlegen, wird jeder ein paar Tipps parat haben. Von „Ich hab da neulich was gelesen …" bis zu „Kind, du bist doch sowieso schon zu dünn …" wird man Ihnen alles Mögliche um die Ohren werfen – ziehen Sie sich daher lieber zurück und achten Sie darauf, dass eine wichtige Familienfeier nicht ausgerechnet in Ihre Fastenwoche fällt.

Ungestörter fastet es sich auf jeden Fall an einem fremden Ort, da Sie in diesem Fall schon rein räumlich vom Alltagsleben getrennt sind. Fasten kann man fast überall: im Urlaub, am Meer, in den Bergen – oder natürlich auch im Kloster. Wichtig ist allein, dass Sie sich an Ihrem Fastenort wohl fühlen und dort möglichst viel Ruhe haben. Gerade für Menschen mit einem hektischen Familienleben ist es ratsam, die Fastenwoche nicht zu Hause durchzuführen.

❧ Achtung! Wenn Sie unter den folgenden Krankheiten oder Beschwerden leiden, dürfen Sie nicht fasten:

- Blutungsneigung
- Diabetes Typ 1
- Durchblutungsstörungen des Gehirns
- Essstörungen, zum Beispiel Magersucht
- Krebserkrankungen
- Schilddrüsenüberfunktion
- schwere Depressionen und Psychosen
- schwere Organerkrankungen
- Suchtkrankheiten wie Alkohol- oder Drogenabhängigkeit

Auch in den folgenden Fällen sollten Sie nicht fasten:

- Nach Krankheiten und Operationen,
- während der Schwangerschaft und Stillzeit,
- bei Überforderung oder Erschöpfung,

– wenn Sie regelmäßig Medikamente einnehmen müssen.
– Kinder unter zehn Jahren sollten ebenfalls nicht fasten.

Was braucht man zum Fasten?

Damit das Fasten so angenehm wie möglich abläuft und Sie eventuell auftretende Beschwerden lindern können, sollten Sie einige wichtige Dinge parat haben und auch mitnehmen, wenn Sie die Fastenwoche nicht in Ihren eigenen vier Wänden durchführen:

- Warme Kleidung und eine Wärmflasche: Wie bereits erwähnt, frieren wir beim Fasten leichter als sonst – packen Sie sich also warm ein, wenn Sie das Bedürfnis danach verspüren.
- Thermoskanne oder Thermosflasche: So halten Sie Ihren Fastentee oder Ihre Fastensuppe warm.
- Klistierspritze für die Einläufe
- Hautöl, Trockenbürste und Handtücher

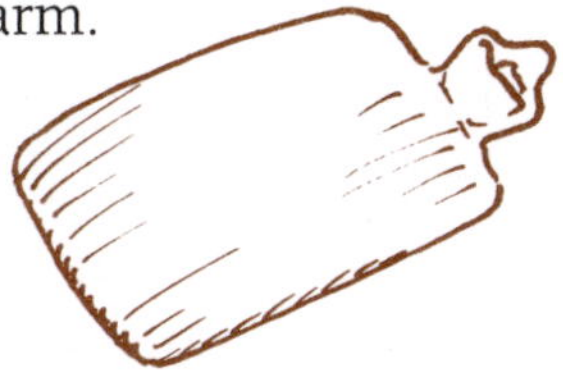

Allein oder in der Gruppe?

Ideal ist es, wenn Sie Ihre Fastenkur nicht alleine beginnen, sondern sich dabei mit Gleichgesinnten zusammentun. So können Sie sich über Ihre Erfahrungen, Gefühle und eventuellen Beschwerden austauschen und sich gegenseitig motivieren. Und wenn sich das mit dem Fasten verbundene Hochgefühl einstellt, haben Sie jemanden, der sich mit Ihnen freut.

Gleichgesinnte finden Sie zum Beispiel, wenn Sie sich zu einer Fastenwoche in ein Kloster begeben oder an einem anderen geführten Fasten teilnehmen. Doch auch die Kollegin im Büro, ein guter Freund oder der Partner kann Sie bei Ihrem Vorhaben unterstützen. Trotzdem sollten Sie dann dafür sorgen, dass Sie immer wieder Rückzugsmöglichkeiten finden und Sie genügend Zeit ganz für sich selbst haben.

Wer in einer Partnerschaft oder Familie lebt, hat oft Schwierigkeiten, wenn die Menschen, mit denen man zusammenlebt, nicht mitfasten. Es ist nicht leicht, für die Familie leckere Mahlzeiten zuzubereiten, wenn man selbst auf feste Nahrung verzichtet – die Versuchung, nur einmal kurz zu probieren, ist hier wahrhaftig groß. Vielleicht können Sie ja den Rest der Familie für eine Woche in den Urlaub schicken, während Sie sich zu Hause dem Fasten widmen? So haben Sie auch die nötige Ruhe, um sich auf die neue Situation einzustellen.

Die Fastenwoche

Nach einer gründlichen Vorbereitung können Sie nun mit der eigentlichen Fastenwoche beginnen.

Der Entlastungstag

Bevor Sie sich in Ihr Fastenprogramm stürzen, sollten Sie sich mit einem Entlastungstag körperlich und seelisch auf Ihr Vorhaben einstellen. Hören Sie nicht von einem Tag auf den anderen mit dem Essen auf, sondern setzen Sie einen Entlastungstag dazwischen. Nutzen Sie diesen Tag, um schon einmal einen Gang herunterzuschalten, bauen Sie Spannungen ab und machen Sie sich frei von Stress und

Hektik. Vielleicht unternehmen Sie ja einen Spaziergang an der frischen Luft oder nehmen ein entspannendes Bad? Wichtig ist, dass Sie zur Ruhe kommen und sich vom hektischen Alltag vorübergehend verabschieden.

Stellen Sie auch das Rauchen ein und verzichten Sie schon am Tag vor den eigentlichen Fastentagen auf Alkohol, Süßigkeiten und Kaffee. Um Ihren Körper daran zu gewöhnen, dass er in den nächsten fünf Tagen keine feste Nahrung erhält, sollten Sie sich heute schon sehr bewusst ernähren. Verzichten Sie dabei auf große Portionen und auf tierisches Eiweiß.

Um einen solchen Entlastungstag durchzuführen, bieten sich drei verschiedene Möglichkeiten an. Wer gerne Obst mag und dies auch gut verträgt, kann mit einem reinen Obsttag in die Fastenwoche einsteigen. Nehmen Sie auf drei Mahlzeiten verteilt etwa 1,5 Kilogramm Obst zu sich.

Auch Rohkost ist hervorragend geeignet, um sich auf das Fasten vorzubereiten. Beginnen Sie den Tag mit Obst oder Birchermüsli und essen Sie zum Mittag- und Abendessen jeweils eine Rohkostplatte. Machen Sie Ihren Salat dabei mit einer einfachen Sauce aus Öl, Zitrone und Gewürzen an.

Schließlich können Sie sich auch mit Reis hervorragend auf das Fasten einstimmen. Bereiten Sie sich morgens, mittags und abends jeweils 50 Gramm Reis zu (ohne Salz). Dazu passen gedünstete Äpfel oder gedünstete Tomaten. Eine gute Alternative zu Reis stellen gekochte Dinkelkörner dar.

In Ihrer persönlichen Fastenwoche werden Sie nicht viele Nahrungsmittel brauchen und Sie können den Einkauf jetzt schon für die ganze Woche erledigen. Falls Sie dies bis jetzt noch nicht getan haben, ist heute ein guter Zeitpunkt dafür, denn mit der Auswahl Ihrer Nahrungsmittel bereiten Sie sich geistig auf das Fasten vor und Sie müssen nicht während Ihrer Fastenwoche in den Supermarkt, wo sie womöglich in die Versuchung geraten, schnell noch die eine oder andere Süßigkeit in Ihren Einkaufswagen zu packen.

Sie können diesen Tag auch schon mit einem Ritual beginnen, das Sie die ganze Fastenwoche begleiten wird: den Tag langsam angehen zu lassen. Denken Sie einmal nach: Wie stehen Sie morgens normalerweise auf? Richtig: Der Wecker klingelt viel zu früh, Sie wollen eigentlich lieber liegen bleiben, springen dann aber hektisch aus dem Bett, um noch rechtzeitig zur Arbeit zu kommen. In der Fastenwoche wird das anders. Nun räkeln Sie sich genüsslich im Bett, machen ein paar Streck- und Dehnübungen und gähnen vielleicht noch ein paar Mal ausgiebig. Dann trinken Sie eine Tasse Morgentee (den können Sie sich in einer Thermoskanne schon am Vorabend bereitstellen) und schließen das Ritual mit einer Entspannungsübung ab. Doch auch danach springen Sie nicht sofort aus dem Bett, sondern setzen sich erst einmal einen Augenblick auf die Bettkante und stellen sich auf die Aufgaben des neuen Tages ein. Dies machen Sie ab heute jeden Morgen und Sie werden sehen: So starten Sie wesentlich besser in den neuen Tag!

❧ Ernährungsplan für den Entlastungstag

Aufwachen: Morgentee

Frühstück: Müsli (zum Beispiel Birchermüsli), Obst oder Reis, Morgentee, Wasser

Vormittags: Früchtetee, Wasser, 2 TL Flohsamenschalen

Mittag: Rohkost, Obst oder Reis

Nachmittag: Früchtetee
Abendessen: Rohkost, Obst oder Reis

Wer seinen Körper zusätzlich entlasten will, kann dies mit indischen Flohsamenschalen (erhältlich in Apotheken und Reformhäusern) tun. Sie machen den Darminhalt weicher und können somit auch alte Ablagerungen aus dem Darm hinausbefördern. Nehmen Sie die Flohsamenschalen 30 Minuten vor der Hauptmahlzeit ein und trinken Sie danach zwei Gläser Wasser.

Wenn Sie im Urlaub fasten, so sollten Sie diesen ersten Tag auch dazu nutzen, erst einmal an Ihrem Urlaubsort anzukommen. Packen Sie Ihre Sachen aus, richten Sie Ihr Zimmer ein, erkunden Sie das Hotel oder das Kloster und die nähere Umgebung. Oder schlafen Sie ganz einfach viel – hier wird Sie garantiert niemand stören.

Achtung! Trinken nicht vergessen!

Heute und an allen anderen Fastentagen ist das Trinken besonders wichtig, und zwar nicht nur, wenn Sie Durst verspüren. Trinken Sie sozusagen über den Durst hinaus;

mindestens zwei Liter Flüssigkeit pro Tag sollten Sie zu sich nehmen. Eine gute Faustregel sind 35 Gramm Flüssigkeit pro Kilogramm Körpergewicht. Bei einem Gewicht von 65 Kilogramm entspräche dies in etwa 2,2 Litern Wasser. Es darf auch gerne etwas mehr sein.

Dies ist wichtig, damit die Giftstoffe aus Ihrem Körper hinausgeschwemmt werden können. Außerdem unterdrücken Sie damit Hungergefühle. Am besten geeignet sind Mineralwasser, Fencheltee und Früchte- oder Kräutertees. Trinken Sie diese schluckweise und behalten Sie jeden Schluck ein wenig im Mund, um das Getränk anzuwärmen oder abkühlen zu lassen.

Der erste Fastentag

Heute wird es ernst, Sie beginnen „richtig“ mit dem Fasten. Dieser erste Fastentag dient der Entlastung der Verdauungsorgane und der Reinigung des Darms. Am heutigen Tag braucht Ihr Körper viel Ruhe, da dieser Prozess sehr anstrengend und belastend ist. Schlafen Sie also erst einmal aus und gönnen Sie sich auch sonst viel Ruhe. Noch im Bett führen Sie wieder das Aufwach-Ritual durch, trinken dabei aber keinen Morgentee, sondern eine Tasse Entblähungstee. Nach dem Aufstehen trinken Sie dann noch einmal einen Entblähungstee, und dann wird es unangenehm: Sie müssen Ihren Darm entleeren – entweder mit Glaubersalz oder mit einem Einlauf (siehe nächstes Kapitel).

Beim Hildegard-Fasten nimmt man zu diesem Zweck die Ingwer-Ausleitungskekse (siehe S. 115/116) zu sich, die – wie Hildegard von Bingen sagt – nur die „schlechten Stoffe ausleiten“ und dadurch den Stoffwechsel normalisieren. Diese Ausleitungskekse isst man morgens auf nüchternen Magen im Bett, begleitet von einem Schluck Herzwein. Bleiben Sie danach noch etwas liegen und packen Sie sich warm ein. Des Weiteren dürfen Sie laut Hildegard an diesem Tag auch noch Äpfel zu sich nehmen, mittags eine Fastensuppe. Dazwischen immer viel trinken, am besten Fencheltee.

Gönnen Sie sich den ganzen Tag über möglichst viel Ruhe, auch ein Mittagsschlaf ist eine gute Idee, denn die Leber kann im Liegen besser entgiften. Bei dieser Aufgabe können Sie Ihre Leber noch zusätzlich mit einer Leibauflage unterstützen (siehe nächstes Kapitel).

Damit Ihr Kreislauf nicht schlapp macht, ist ein kleiner Spaziergang am Nachmittag förderlich.

Auch wenn Sie an den Fastentagen nur flüssige Nahrung zu sich nehmen, sollten Sie diese Augenblicke ganz bewusst erleben. Konzentrieren Sie sich voll und ganz auf Ihre Mahlzeiten und tun Sie dabei nichts anderes. Also: Fernseher aus und auch die Zeitung können Sie zu einem anderen Zeitpunkt lesen!

❧ Ernährungsplan für den ersten Fastentag

Aufwachen: Entblähungstee
Frühstück: Entblähungstee
Vormittag: Wasser oder Tee, 2 TL Flohsamenschalen
Mittagessen: Gemüsebrühe, Gemüsesaft oder Fastensuppe
Nachmittag: Früchte- oder Kräutertee (zum Beispiel Fenchel)
Abendessen: Obst- oder Gemüsesaft, Gemüsebrühe oder Fastensuppe

Der zweite Fastentag

Wie fühlen Sie sich heute? Sie haben nun 24 Stunden keine feste Nahrung zu sich genommen und werden die ersten Wirkungen des Fastens spüren. Vor allem Ihre Leber muss heute Schwerstarbeit leisten, denn sie muss Ihren Körper entgiften. Unterstützen Sie sie bei dieser Aufgabe, zum Beispiel durch Leberwickel und einen Lebertee. Auch heute sollten Sie wieder viel liegen, da sich die Leber dann am besten regenerieren kann. Am zweiten Fastentag ist es außerdem besonders wichtig, dass Sie viel trinken, damit Sie Nieren und Gewebe gründlich durchspülen können.

Beginnen Sie den heutigen Tag wieder mit dem Aufwach-Ritual und stehen Sie dann ganz bewusst auf. Sie können dazu auch ein paar leichte Gymnastikübungen durchführen. Mittags empfiehlt sich wiederum ein kleines Nickerchen, am Nachmittag ein zügiger Spaziergang.

Ernährungsplan für den zweiten Fastentag

Aufwachen: Morgentee

Frühstück: Morgentee oder Lebertee

Vormittag: Wasser, 2 TL Flohsamenschalen
Mittagessen: Gemüsebrühe, Getreidecreme oder Fastensuppe
Nachmittag: Früchte-, Kräuter- oder Lebertee
Abendessen: Gemüsesaft, Gemüsebrühe oder Fastensuppe

Das Hildegard-Fasten sieht vor, dass Sie ab dem zweiten Fastentag nur noch die Fastensuppe und Fencheltee zu sich nehmen.

Der dritte Fastentag

Der dritte Fastentag ist ein schwieriger Tag, denn erfahrungsgemäß treten heute die meisten Beschwerden auf. Der Körpergeruch wird unangenehm und viele Menschen leiden unter Kopfweh und Kreislaufbeschwerden. Häufig stellt sich auch ein allgemeines Unwohlsein ein und viele Fastende geraten ernsthaft in Versuchung, ihre Fastenkur abzubrechen. Um die Kopfschmerzen zu besänftigen, empfiehlt sich noch einmal eine gründliche Darmentleerung, zum Beispiel mithilfe eines Einlaufs. Dadurch werden auch eventuelle Hungergefühle gestillt. Einen Mittagsschlaf sollten Sie heute ebenfalls wieder halten.

❧ Ernährungsplan für den dritten Fastentag

Aufwachen: Entblähungstee
Frühstück: Entblähungstee
Vormittag: Wasser, 2 TL Flohsamenschalen
Mittagessen: Gemüsebrühe, Getreidecreme oder Fastensuppe
Nachmittag: Fastentee, Wasser, 2 TL Flohsamenschalen
Abendessen: Gemüsesaft, Gemüsebrühe oder Fastensuppe

Ein neues Element in diesem Ernährungsplan ist der Fastentee am Nachmittag, der die Beschwerden des heutigen Tages lindert und Ihnen hilft, die Fastenkrise zu überstehen.

Der vierte Fastentag

Herzlichen Glückwunsch, Sie haben die Fastenkrise überstanden! Wie geht es Ihnen heute? Vermutlich stellt sich nun das Hochgefühl ein, welches das Fasten so häufig begleitet. Plötzlich fühlen Sie sich fit und leistungsfähig und würden am liebsten noch ewig so weitermachen. Weil Sie bis jetzt so tapfer durchgehalten haben, dürfen Sie sich heute belohnen. Wie wäre es mit ein wenig Bewegung und leichter körperlicher Aktivität? Gehen Sie schwimmen, unternehmen Sie einen ausgedehnten Spaziergang oder werkeln Sie in Ihrem Garten herum – aber nicht gleich übertreiben! Und entspannen Sie sich nach der körperlichen Anstrengung wieder gut, am besten im Liegen.

Ernährungsplan für den vierten Fastentag

Aufwachen: Morgentee
Frühstück: Spülungstee
Vormittag: Wasser, eventuell 2 TL Flohsamenschalen
Mittagessen: Gemüsebrühe oder Fastensuppe
Nachmittag: Spülungstee
Abendessen: Gemüsesaft, Gemüsebrühe oder Fastensuppe

Ein neues Element in diesem Ernährungsplan ist der Spülungstee, der die Nieren bei der Ausscheidung von Harnstoff und Schlacken unterstützt.

Der fünfte Fastentag

Heute Morgen steht noch einmal ein Einlauf auf dem Programm, um Ihren Darm ein letztes Mal gründlich zu entleeren. Ansonsten sollten Sie den Tag jedoch ruhig angehen lassen. Erst am Nachmittag können Sie mit einem ausgedehnten Spaziergang oder anderen körperlichen Aktivitäten Ihren Kreislauf wieder in Schwung bringen.

❧ Ernährungsplan für den fünften Fastentag

Aufwachen: Morgentee
Frühstück: Kräuter- oder Fencheltee
Vormittag: Wasser
Mittagessen: Gemüsebrühe oder Fastensuppe
Nachmittag: Kräuter- oder Fencheltee, Wasser
Abendessen: Gemüsesaft, Gemüsebrühe oder Fastensuppe

Sollten Sie am vierten und fünften Fastentag immer noch Hungergefühle verspüren, so können Sie an diesen Tagen noch einmal Flohsamenschalen einnehmen.

Der erste Aufbautag

Sie haben es geschafft! Fünf Fastentage liegen hinter Ihnen! Heute dürfen Sie zum ersten Mal wieder feste Nahrung zu sich nehmen – allerdings noch kein Festmahl, denn dies würde Ihren Organismus überfordern. Das Fastenbrechen bedeutet für Ihren Körper eine erneute Umstellung und daher sollten Sie Ihre Verdauungsorgane langsam und behutsam wieder an den regulären Stoffwechsel gewöhnen. Während der Fastenzeit hat Ihr Körper zum Beispiel die Produktion von Verdauungssaft eingestellt und muss jetzt erst wieder damit beginnen. Dies geht nicht von einer Sekunde auf die andere, sondern schrittweise.

Treiben Sie morgens ein wenig Sport oder machen Sie Gymnastik, und zwar noch bevor Sie das Fasten brechen. Dann ist es endlich so weit: Sie nehmen zum ersten Mal seit fünf Tagen wieder feste Nahrung zu sich. Gut geeignet für das Fastenbrechen ist ein Apfel, der richtig reif sein sollte und den Sie am besten dünsten. Genießen Sie diese Mahlzeit ganz bewusst und nehmen Sie sich Zeit zum Essen. Hat sich Ihre Einstellung zum Essen in den letzten fünf Tagen verändert? Wie bewerten Sie diese Mahlzeit? Früher haben Sie vielleicht gedacht: „Ich esse nur einen Apfel." Hat dieser Apfel nun eine andere Bedeutung für Sie? Kauen Sie Ihre Mahlzeiten lange und konzentrieren Sie sich auf das Essen – so sind Sie ganz bei der Sache und können die Speise richtig genießen.

Zusätzlich zu diesem Apfel können Sie ein Glas Milch trinken. Dies ist wichtig für die Eiweißzufuhr. Allerdings macht ihr hoher Eiweißgehalt die Milch auch schwer verdaulich – trinken Sie sie daher in ganz kleinen Schlucken. Ein trockenes Brötchen macht die Milch ebenfalls besser verdaulich.

Danach sollten Sie sich viel Ruhe gönnen: Gehen Sie ein wenig spazieren und halten Sie mittags ein Nickerchen.

Die Schonfrist für Ihren Darm ist nun beendet und er bekommt wieder etwas zu tun. Unterstützen Sie ihn dabei, zum Beispiel indem Sie mit Leinsamen oder Weizenkleie die Ausscheidung fördern. Wichtig ist auch hier wieder, dass Sie viel trinken, um Ihren Verdauungsorganen die Arbeit zu erleichtern. Auch die Flohsamenschalen kommen heute wieder zum Einsatz, denn der Darm arbeitet erst wieder richtig, wenn er gefüllt ist. Deshalb muss er heute noch ein wenig angeschubst werden.

Übrigens: Wundern Sie sich nicht, wenn Sie schnell wieder zunehmen. Eine Zunahme von etwa einem Kilogramm an den Aufbautagen ist normal – dies entspricht nämlich dem Gewicht der Darmfüllung.

Ernährungsplan für den ersten Aufbautag

Aufwachen: Morgentee

Frühstück: Fastenbrechen mit einem Apfel, am besten gedünstet oder gerieben, dazu ein trockenes Brötchen und ein Glas Milch. Beim Hildegard-Fasten ist die erste Mahlzeit ein Bratapfel.

Vormittag: Entblähungstee, Wasser, 1 EL Flohsamenschalen

Mittagessen: Gericht für die Aufbautage, zum Beispiel Kartoffel-Gemüse-Suppe

Nachmittag: Früchte- oder Fastentee

Abendessen: Gericht für die Aufbautage, zum Beispiel Knäckebrot mit Kräuterquark

Der zweite Aufbautag

Auch heute führen Sie Ihren Körper wieder behutsam an die normale Ernährung heran. Er muss nun wieder Verdauungssäfte produzieren und darf daher nicht gleich wieder überfordert werden. Am zweiten Aufbautag dürfen Sie etwas mehr feste Nahrung zu sich nehmen als am ersten. Unter Umständen kann es passieren, dass Sie heute Probleme mit dem Stuhlgang haben. In diesem Fall können Sie mit einem halben Einlauf nachhelfen oder einfach bis zum nächsten Tag abwarten, wenn Sie keine Beschwerden verspüren. Vermeiden Sie heute allzu große Anstrengungen; lediglich ein Spaziergang ist angesagt, um den Kreislauf in Schwung zu bringen.

Ernährungsplan für den zweiten Aufbautag

Aufwachen: Morgentee
Frühstück: Birchermüsli oder Habermus
Vormittag: Lebertee, Wasser, 1 EL Flohsamenschalen
Mittagessen: Gericht für die Aufbautage
Nachmittag: Lebertee, Wasser, 1 EL Flohsamenschalen
Abendessen: Gericht für die Aufbautage

Die Flohsamenschalen unterstützen auch heute wieder den Darm bei seiner Tätigkeit.

Die Zeit nach dem Fasten

Ihre Fastenwoche ist vorüber – und nun? Einfach zurückkehren zum normalen Leben und zur normalen Ernährung? Das kann Ihnen natürlich niemand verbieten, und es ist Ihre eigene Entscheidung, ob Sie die Fastenwoche als eine einmalige Sache sehen oder ob Sie daraus etwas für Ihren Alltag mitnehmen möchten.

Im Idealfall stellt eine Fastenwoche einen Ausgangspunkt dar, um sich auch in Zukunft gesünder und bewusster zu ernähren. Und in der Tat: Wer einmal eine Woche lang auf Nahrung verzichtet hat – und zwar freiwillig –, wird im Anschluss so manch eine Essgewohnheit in Frage stellen. Die Tüte Chips vor dem Fernseher, der schnelle Besuch im Fast-Food-Restaurant, die Tafel Schokolade als Frustkiller – muss das alles sein? Warum essen Sie eigentlich? Natürlich, ohne Essen geht es nicht – aber ertappen

Sie sich manchmal dabei, dass Sie zum Kühlschrank gehen, um sich zu belohnen oder zu trösten? Versuchen Sie, sich auch in Zukunft gesünder zu ernähren. Nehmen Sie viel Obst, Gemüse und Getreide zu sich – so wie es Mönche und Nonnen schon seit Jahrhunderten tun. Halten Sie das Abstinenzgebot an den Freitagen ein oder legen Sie ab und zu einen Fastentag ein.

Vielleicht haben Sie während Ihrer Fastenwoche auch gemerkt, wie gut Ihnen körperliche Betätigung tut. Seien es nun die morgendlichen Dehn- und Streckübungen im Bett oder ein kleiner Spaziergang zwischendurch – diese Dinge können Sie ohne weiteres in Ihren Alltag integrieren.

Außerdem haben Sie sich während Ihrer Fastenzeit aus Ihrem hektischen Alltag ausgeklinkt. Sie haben vielleicht auf eine Einladung oder bestimmte gesellschaftliche Verpflichtungen verzichtet und sich stattdessen in Ihre eigenen vier Wände zurückgezogen. Und ist die Welt deshalb untergegangen? Ganz bestimmt nicht, die Welt dreht sich auch ohne Sie weiter – Sie aber konnten die Zeit des Rückzugs nutzen, um wieder neue Energie zu tanken. Nutzen Sie dies, um Ihre Zeitplanung gründlich zu überdenken. Ist es wirklich nötig, dass Sie immer und überall dabei sind? Auf welche Termine können Sie verzichten? Wenn Sie Ihre Aktivitäten ein wenig einschränken und sich nur die Dinge herauspicken, die wirklich wichtig für Sie sind, haben Sie gleich zwei Vorteile: Zum einen können Sie diese Ereignisse bewusst genießen, zum anderen bleibt Ihnen mehr Zeit für sich selbst.

In Ihrer Fastenwoche haben Sie vielleicht nicht nur auf feste Nahrung verzichtet, sondern auch auf andere Dinge. Haben Sie lieber ein gutes Buch gelesen, anstatt abends vor der Glotze zu sitzen? Haben Sie den Samstagnachmittag für einen Spaziergang in der Natur genutzt, anstatt in den Einkaufsstraßen der Innenstadt auf Schnäppchenjagd zu gehen? Haben Sie auch das Rauchen und Kaffeetrinken eingestellt? Und haben Sie all diese Aktivitäten vermisst? Natürlich spricht überhaupt nichts dagegen, eine Tasse Cappuccino im Café zu genießen – aber müssen Sie während der Arbeit wirklich eine Tasse Kaffee nach der anderen in sich hineinschütten, ohne überhaupt noch irgendeinen Geschmack zu bemerken? Überlegen Sie, welche Ihrer neuen Gewohnheiten Ihnen gefallen haben, und versuchen Sie, diese in Ihren Alltag zu integrieren. Es wird immer wieder Zeiten geben, in denen Sie so sehr unter Stress stehen, dass Sie sich am Abend nur noch auf die Couch werfen und sich vom Fernseher berieseln lassen wollen. Aber es wird auch immer wieder Zeit für eine neue Fastenwoche geben, oder? Jetzt haben Sie nämlich gemerkt, dass Fasten gar nichts Schlimmes ist und dass Sie ohne weiteres eine Woche ohne feste Nahrung überleben können. Und Sie haben gemerkt, wie gut Ihnen dies tun kann.

Das eintägige Fasten

Wer nicht gleich eine ganze Woche lang auf feste Nahrung verzichten möchte, kann seinem Körper und seiner Seele auch mit einem einzelnen Fastentag etwas Gutes tun. Wählen Sie hierfür einen Samstag oder noch besser einen Sonntag – auf jeden Fall aber einen Tag, an dem Sie frei von Stress und Hektik sind, so dass Sie sich ganz auf das Fasten konzentrieren können. Vielleicht merken Sie ja auch, dass Ihnen dieser „Tag ohne“ so gut tut, dass Sie in Zukunft einmal pro Woche fasten möchten?

Essen Sie an Ihrem Fastentag nichts, sondern trinken Sie stattdessen viel, zum Beispiel Fencheltee oder einfach nur Mineralwasser. Wer nicht gleich ganz radikal auf feste Nahrung verzichten möchte, kann wahlweise auch einen Obst-, Kartoffel- oder Reistag einlegen.

- Obsttag: Obst liefert nicht nur Vitamine, sondern auch Mineralien und Ballaststoffe. Verteilen Sie ein Kilogramm Obst auf zwei bis drei Mahlzeiten am Tag. Gut geeignet sind Äpfel, Bananen, Melonen, Aprikosen oder Pflaumen.
- Kartoffeltag: Kartoffeln enthalten viel Vitamin B6 und regulieren so den Eiweißstoffwechsel im Körper. Außerdem wirken sie entwässernd und unterstützen so die Nieren bei ihrer Arbeit. Verteilen Sie 800 Gramm Pellkartoffeln auf drei Mahlzeiten. Dazu können Sie Salat oder etwas Butter essen.
- Reistag: Reis ist reich an Vitaminen und Ballaststoffen und wirkt ebenfalls entwässernd. Verteilen Sie etwa 180 Gramm Naturreis (ohne Salz) auf drei Mahlzeiten. Dazu können Sie Apfelmus oder gedünstetes Gemüse essen.

Begleitende Übungen

Wie bereits mehrfach erwähnt, besteht Fasten nicht nur aus dem Verzicht auf feste Nahrung – es geht noch um viel mehr. Körper und Seele werden während der Fastenwoche stark beansprucht und brauchen bei ihrer „Arbeit" alle Unterstützung, die möglich ist. Welche begleitenden Übungen Sie während einer Fastenkur durchführen können, verrät Ihnen dieses Kapitel.

Fasten mit allen Sinnen

Die spanische Mystikerin und Nonne Teresa von Ávila (1515–1582) hat die richtige Einstellung zum Fasten sehr schön zusammengefasst: „Wenn Rebhuhn, dann Rebhuhn, wenn Fasttag, dann Fasttag", schreibt sie. Doch was will uns Teresa von Ávila damit sagen? Wenn wir eine Sache tun, dann sollten wir sie auch richtig tun, mit ganzem Herzen, mit allen Sinnen. Mal ehrlich, wie oft tun wir etwas und sind dabei nicht ganz konzentriert? Wie oft sind wir schon beim nächsten Schritt, während wir noch eine Sache ausführen? Wie oft lassen wir uns durch Nebensächliches vom Wesentlichen ablenken?

Das Fasten ist ein Vorgang, der eine ganze Menge körperlicher und seelischer Prozesse in Gang setzt. Aus diesen Prozessen können wir viel Neues über unseren Körper und unsere Seele erfahren. Damit wir daraus den optimalen Nutzen ziehen und Körper und Geist sich reinigen können, sollten wir uns völlig auf das Fasten konzentrieren. Es geht beim Fasten nicht darum, einfach nur das Essen einzustellen und ansonsten so weiterzumachen wie bisher. „Fasten" Sie stattdessen auch in anderen Bereichen. Auf Alkohol, Koffein und Nikotin sollten Sie schon Ihrer Leber zuliebe verzichten, doch Sie können sich noch weiter einschränken, sodass nichts Sie bei Ihrer Konzentration auf das Wesentliche stört.

Nach einem alten klösterlichen Brauch übergeben die Mönche am Aschermittwoch ihrem Abt die so genannte „Schedula", einen Zettel, auf dem sie ihre persönlichen Vorsätze für die Fastenzeit notiert haben. Dazu gehört nicht unbedingt nur der Verzicht auf Speis und Trank, sondern vielleicht auch eine besondere Lektüre oder zusätzliche Gebete. Auch auf Dinge, von denen die Mönche das Gefühl haben, dass sie sie abhängig machen, verzichten sie nun. Diese alte Tradition können Sie in Ihre persönliche Fastenzeit integrieren. Wie wäre es zum Beispiel damit, während dieser Zeit auf das geliebte Fernsehen zu verzichten? Lesen Sie stattdessen lieber ein gutes Buch, das Sie vielleicht auch zum Nachdenken anregt. Geben Sie Ihrem Geist die Möglichkeit, aktiv zu arbeiten, anstatt sich nur vom Fernseher berieseln zu lassen.

In den Klöstern wird während der Fastenzeit häufig geschwiegen – so wie es Benedikt von Nursia einst empfahl: „Er verzichte auf Geschwätz und Albernheiten", heißt es in Kapitel 49 der Benediktiner-Regel. Daran können auch Sie sich während Ihrer Fastenzeit halten. Damit ist nicht gemeint, dass Sie sämtliche Kommunikation einstellen. Achten Sie vielmehr bewusst darauf, was Sie den lieben langen Tag so alles von sich geben. Wie viel davon ist wirklich nötig? Und wie viel ist nur Klatsch und Tratsch, leere Worthülsen oder Nichtiges? Wer seine Äußerungen bewusst überdenkt, gibt einer anderen Stimme die Chance, zu Wort zu kommen: seiner „inneren" Stimme, seinen Gedanken und Gefühlen. Wer schweigt oder zumindest seine Kommunikation reduziert, kann seine eigenen Bedürfnisse oft besser wahrnehmen und muss sich vielleicht auch mit Dingen auseinander setzen, denen er sonst lieber aus dem Weg geht. Dies ist zwar zunächst vielleicht unangenehm, hilft Ihnen jedoch in Ihrer persönlichen Entwicklung einen großen Schritt weiter.

Viele Menschen haben ein Problem mit der Stille. Sie wollen immer unter Leuten sein und wenn sie schon alleine zu Hause bleiben, muss zumindest das Radio laufen. Schalten Sie dagegen einfach ein paar Tage ab – in jedem Sinn des Wortes!

Werfen Sie einen Blick in Ihren Terminkalender: Ist er schon wieder überfüllt und Sie haben keine Ahnung, wie Sie das alles schaffen sollen? Reduzieren Sie Aktivitäten und Termine während Ihrer Fastentage. Nicht nur weil Ihr Körper nun viel Ruhe braucht, sondern auch weil Sie auf diese Weise erkennen können, welche Ihrer zahlreichen Aktivitäten wirklich wichtig für Sie sind. Sie haben Ihr Konzert-Abonnement nicht weiter vermisst? Dann sollten Sie überlegen, ob Sie es nicht vielleicht kündigen. Dafür hat Ihnen der gemeinsame Abend mit Ihren Freunden umso mehr gefehlt? Vielleicht sollten Sie ihnen in Zukunft mehr Platz in Ihrem Leben einräumen!

Und noch etwas: Der samstägliche Einkaufsbummel ist ein beliebter Zeitvertreib und – zugegeben – sich etwas Neues zum Anziehen zu kaufen, ist ein schönes Gefühl. Doch welche von den Dingen, die Sie kaufen, brauchen Sie auch wirklich? Verzichten Sie während Ihrer Fastentage weitgehend auf Konsum – das spart Ihnen nicht nur Geld, sondern lenkt Ihren Blick auch weg von den Äußerlichkeiten, hin auf die wesentlichen Dinge des Lebens. Vielleicht spenden Sie das gesparte Geld ja für einen wohltätigen Zweck? Danach fühlen Sie sich mindestens genauso gut wie nach dem zwanzigsten Paar Schuhe!

Bewegung

Nicht nur beim Fasten ist Bewegung wichtig, denn Bewegungsmangel ist eine häufige Ursache von Übergewicht und vielen Zivilisationskrankheiten. Bewegung regt Herz und Kreislauf und damit auch die Atmung an. Außerdem wird der Körper besser mit Sauerstoff versorgt und kann so Stoffwechselrückstände besser abbauen. Deshalb sollten Sie bei einer Fastenkur darauf achten, sich ausreichend zu bewegen. Wie Sie dies tun, bleibt Ihnen überlassen. Vielleicht machen Sie einen ausgedehnten Spaziergang über die Felder? Oder Sie schwimmen, fahren Rad, tanzen, machen Skilanglauf, Gymnastik oder Yoga? Beachten Sie dabei jedoch, dass Ihnen beim Fasten die Energie für extreme Kraftanstrengungen fehlt. Sprints oder andere anstrengende Sportarten sind jetzt nichts für Sie. Dafür haben Sie nun mehr Ausdauer – und genau danach sollten Sie Ihr Bewegungsprogramm ausrichten.

Wer Probleme hat, morgens richtig in Schwung zu kommen, kann ein paar einfache Gymnastikübungen durchführen. Fünf Minuten sind schon genug, um die müden Glieder aufzuwecken und den Kreislauf anzukurbeln. Dehnen Sie die Muskeln und lockern Sie die Gelenke. Gerne können Sie auch ein wenig zu Ihrer Lieblingsmusik tanzen – so sind Sie nicht nur körperlich fit, sondern auch sofort „gut drauf".

Achtung!

Betätigen Sie sich nach Möglichkeit dreimal täglich körperlich, damit Ihr Körper leistungsfähig bleibt. Wer die Fastenzeit überwiegend im Bett zubringt, verliert seine Leistungsfähigkeit, denn die Muskeln bauen Eiweiß statt Fett ab, wenn sie nicht gefordert werden.

Nach der körperlichen Aktivität sollten Sie wieder zur Ruhe kommen. Gerade der Wechsel zwischen Bewegung und Ruhen, Spannung und Entspannung sorgt dafür, dass wir uns körperlich und seelisch ausgeglichen fühlen. Wie Sie Ruhe und Entspannung finden können, zeigen Ihnen die folgenden Abschnitte.

Stilleübungen, Meditation und Entspannung

Wie bereits erwähnt, brauchen Sie bei einer Fastenkur viel Ruhe, damit Sie Ihren Organismus nicht überfordern. Im Alltag fällt es uns oft schwer, zur Ruhe zu kommen – das Handy klingelt, der Terminkalender ist voll und der Fernseher oder das Radio dudeln vor sich hin. Suchen Sie beim Fasten daher gezielt Ruhe, klinken Sie sich aus dem Alltag aus und machen Sie zum Beispiel die folgende Stilleübung.

❧ So finden Sie Stille

1. Wählen Sie einen Platz, an dem Sie sich wohl fühlen. Das kann zum Beispiel Ihre Couch oder ein Schaukelstuhl sein.
2. Sorgen Sie für Stille. Schalten Sie den Anrufbeantworter ein und alle Lärmquellen wie zum Beispiel Radio, Fernseher und Handy ab.
3. Kommen Sie körperlich zur Ruhe, das heißt, beenden Sie alle Bewegung.
4. Schließen Sie die Augen, entspannen Sie den ganzen Körper und achten Sie darauf, tief und gleichmäßig zu atmen.
5. Hören Sie auf die Vorgänge in Ihrem Inneren.

Meditation

Die Meditation ist eine gute Möglichkeit, um Ruhe zu finden und in Kontakt mit der eigenen Mitte zu kommen. Dadurch können wir unsere Gesundheit und unser Wohlbefinden verbessern. Aus religiöser Sicht kommt noch eine weitere Komponente dazu: Wer meditiert, versucht durch einen veränderten Bewusstseinszustand in Kontakt mit Gott zu kommen.

Doch meditieren kann man nicht immer und überall. Suchen Sie sich einen ruhigen Ort und sorgen Sie wieder dafür, dass keine Störung von außen eindringen kann: Schalten Sie das Handy ab und den Anrufbeantworter ein. Auch die nötige Konzentration ist wichtig. Nehmen Sie dazu den Atem als Punkt der Sammlung. Atmen Sie tief ein und wieder aus. Dann folgt eine kleine Pause.

Als Gegenstand einer Meditation können Sie verschiedene Dinge wählen: Texte (zum Beispiel Bibeltexte oder Gedichte), Bilder (zum Beispiel ein Kunstwerk) oder einen Eindruck aus der Natur.

Lesungen

Viele Menschen lesen während ihrer Fastenkur viel, so wie es schon in der Benediktiner-Regel gefordert wird. „Dies geschieht dann in rechter Weise, wenn wir uns um [...] die Lesung [...] mühen“ heißt es in Kapitel 49. Bei Benedikt und im Kloster im Allgemeinen stand dabei die so genannte „lectio divina“, also die lesende Beschäftigung mit dem Göttlichen, im Vordergrund. Dieser widmete man sich zur Fastenzeit besonders intensiv. Benedikt von Nursia gab dazu die folgenden Empfehlungen:

In den Tagen der Fastenzeit sollen [die Mönche] vom Morgen bis zum Ende der dritten Stunde [circa 10 Uhr] für ihre Lesung frei sein. In diesen Tagen der Fastenzeit erhält jeder einen Band der Bibel, den er von Anfang bis Ende ganz lesen soll. Diese Bände werden zu Beginn der Fastenzeit ausgegeben.

(Benediktiner-Regel, Kapitel 48)

Wenn Sie während Ihrer persönlichen Fastenzeit ebenfalls lesen möchten, können Sie auf diese Methode zurückgreifen. Sie müssen zu diesem Zweck nicht unbedingt in der Bibel lesen, doch wählen Sie einen Text, der Sie zum Nachdenken anregt und Sie in Ihrer persönlichen Entwicklung einen Schritt voranbringt. Ein spannender Krimi ist zwar sehr unterhaltsam, doch für die Fastenzeit zu aufregend – und außerdem sollten Sie sich während dieser Tage mit sich beschäftigen und nicht in der Lektüre eine Fluchtmöglichkeit suchen. Dann könnten Sie nämlich genauso gut gleich fernsehen! Aber trotzdem: Übertreiben Sie es mit der Lektüre nicht, denn zu viel Lesen strengt an. Zur Entspannung sollten Sie lieber die Augen schließen und sich richtig erholen – oder eine der folgenden Übungen durchführen.

Entspannung

Eine gute Methode, um sich schnell und unkompliziert zu entspannen, ist die Progressive Muskelentspannung nach Jacobson. Spannen Sie dazu für etwa fünf Sekunden die Muskeln des Körpers an, jedoch nie so stark, dass sie schmerzen. Lösen Sie dann langsam die Anspannung und atmen Sie etwa 20 Sekunden tief durch. Beginnen Sie mit den Händen und gehen Sie dann zu Armen, Kopf, Nacken und Schultern, Rücken und Bauch, Oberschenkeln, Unterschenkeln und Zehen und schließlich zu Ihrem Gesicht über. Zum Abschluss können Sie alle Muskeln gleichzeitig anspannen und wieder entspannen.

Einläufe, Bäder und andere Anwendungen

Im Fastenprogramm war immer wieder die Rede von Einläufen und anderen Methoden der Darmentleerung. Wie dies genau funktioniert, erläutern die folgenden Abschnitte. Auch weitere Möglichkeiten, wie Sie Ihren Organismus während der Fastenzeit unterstützen können, lernen Sie hier kennen.

Die Entleerung des Darms

Eine regelmäßige Darmentleerung ist während der Fastenwoche besonders wichtig. Der Darm muss von all den Resten und Ablagerungen befreit werden, die nach wie vor zwischen den Darmzotten sitzen, auch wenn wir im Moment keine Nahrung zu uns nehmen. Würden diese Stoffe im Darm verbleiben, so würde der Darm ihnen nach und nach Wasser entziehen. Die Folgen: Verstopfung und die Bildung von Giftstoffen.

Also müssen wir unseren Darm gründlich entleeren. Das hat noch einen weiteren positiven Effekt: Wir verspüren keinen Hunger und auch Kopf- und Gliederschmerzen, die sonst beim Fasten auftreten können, bleiben aus. Wer zum ersten Mal fastet, sollte jeden zweiten Tag eine Darmreinigung durchführen. Wer dagegen bereits öfter gefastet hat, wird die Signale seines Körpers richtig zu deuten verstehen und selbst wissen, wann der richtige Zeitpunkt für das Abführen gekommen ist.

Um den Darm zu entleeren, stehen Ihnen zwei Möglichkeiten zur Verfügung: der Einlauf oder das Abführen mit Salzen. So manch einer von Ihnen mag nun fragen: Warum so kompliziert, wenn es auch einfach geht? Schließlich gibt es doch jede Menge Abführmittel in der Apotheke – warum also nicht einfach auf diese Medikamente zurückgreifen? Ganz einfach: „Normale" Abführmittel reizen die Darmschleimhaut zur Absonderung von Schleim und führen dadurch ab. Dieser Reiz ist jedoch nicht gesund, schon gar nicht für längere Zeit, und kann sogar die Darmflora zerstören. Das Abführen mithilfe eines Einlaufs ist zwar unangenehmer, für den Darm jedoch wesentlich schonender.

Ein Einlauf reinigt vor allem den Enddarm und einen Teil des Dickdarms. Dazu benötigen Sie ein Einlaufgerät, den so genannten Irrigator, den Sie in der Apotheke erhalten. Sorgen Sie für eine angenehme Atmosphäre in Ihrem Badezimmer, schalten Sie die Heizung ein und legen Sie ein Handtuch auf den Boden, damit Sie nicht auf den kalten Fliesen liegen müssen. Füllen Sie das Irrigatorgefäß mit dem vorher angesetzten Heilkräuterauszug, zum Beispiel Ringelblumenblüten oder Kamille. Führen Sie zunächst einen Probelauf ins Waschbecken oder in die Toilette durch, bis keine Luftblasen mehr im Schlauch sind. Hängen Sie das Einlaufgefäß dann zum Beispiel an einer Türklinke auf und legen Sie sich auf den Boden. Am leichtesten fällt das Einführen in Rückenlage. Wichtig ist vor allem eine Position, in der Sie Ihre Bauchmuskeln entspannen können, so dass die Flüssigkeit bis in die oberen Dickdarmbereiche vordringen kann. Nach dem Einführen öffnen Sie den Zulauf des Irrigators und lassen die Flüssigkeit langsam einlaufen. Wenn das Einlaufgefäß etwa zu einem Viertel geleert ist, drehen Sie sich auf die Seite, denn so kann die Flüssigkeit die oberen Bereiche des Darms besser erreichen. Nun wird es mehrmals hintereinander zu abrupten Darmentleerungen kommen.

Im Gegensatz zum Einlauf entleeren Abführsalze den gesamten Darm. Am häufigsten verwendet werden hier Glaubersalz (Natriumsulfat) und Bittersalz (Magnesiumsulfat), die ebenfalls in der Apotheke erhältlich sind. Lösen Sie ein bis zwei Esslöffel Glaubersalz in einem halben Liter Wasser auf, geben Sie einige Spritzer Zitronensaft dazu und trinken Sie diese Lösung innerhalb einer Viertelstunde. Um den Salzgeschmack zu vertreiben, können Sie zwischendurch Tee trinken, zum Beispiel Fenchel- oder Pfefferminztee. Innerhalb der nächsten zwei bis vier Stunden wird sich Ihr Darm mehrmals durchfallartig entleeren – bleiben Sie also in der Nähe einer Toilette.

Beide Methoden gehen mit einem Verlust an Mineralien einher, der zu erheblichen Gesundheitsschäden führen kann. Wenn Sie zum ersten Mal fasten, sollten Sie mit Ihrem Arzt besprechen, wie Sie diesen wieder ausgleichen können.

❧ Vorsicht bei Medikamenten!

Wer Medikamente einnimmt (auch die Anti-Baby-Pille), sollte diese erst nach dem letzten Stuhlgang einnehmen, damit sie bei der Darmentleerung nicht gleich wieder ausgeschieden werden. Besprechen Sie dies auch mit Ihrem Arzt.

Zusätzlich können Sie die Darmreinigung noch mit Quellstoffen wie Flohsamenschalen unterstützen, die Sie ebenfalls in der Apotheke erhalten und die auch Hildegard von Bingen zur Abführung empfiehlt. Flohsamenschalen werden aus den Samen des Indischen Wegerichs (Plantago ovata) gewonnen. Die Samen werden zerkleinert und gemahlen. Die so gewonnenen Samenschalen können sehr viel Wasser binden, quellen dadurch auf und regen so die Darmbewegung an. Außerdem wird der Darminhalt flüssiger und kann so den Körper leichter verlassen. Schließlich dämpfen Flohsamenschalen auch noch das Hungergefühl. Verrühren Sie einen Esslöffel voll mit 100 Millilitern Wasser und lassen Sie das Ganze zehn Minuten quellen. Geben Sie dann weitere drei Esslöffel Wasser dazu und nehmen Sie die Masse zu sich. Trinken Sie danach noch zwei Gläser Wasser, damit die Flohsamen gut quellen können und nicht verklumpen.

Beim Hildegard-Fasten erfolgt die Abführung mittels Ingwer-Ausleitungskeksen. Über die Ausleitung mit Ingwer *(Zingiber officinale)* schreibt Hildegard von Bingen:

> *Ein Mensch, der abführende Getränke herstellen und nehmen will, soll Ingwer, halb so viel Süßholz und ein Drittel so viel Zitwer wie Ingwer, das Ganze pulverisieren und seihen […] Bevor aber jemand dieses Getränk nimmt, soll er sich, wenn es kalt ist, am Feuer wärmen und es erst dann nehmen. Und wenn er es genommen hat, soll er im Bett wach bleiben und ein wenig ruhen; dann soll er aufstehen und langsam herumgehen, jedoch so, dass er nicht unter Kälte leidet.*
>
> *(Hildegard von Bingen, Causae et curae)*

Hildegards Ingwer-Ausleitungskekse bestehen neben Ingwer aus Süßholz und Zitwer, einem Feinmehl aus Dinkel und Wolfsmilchsaft. Sie selbst zuzubereiten ist sehr kompliziert – Sie können sie jedoch in Hildegard-Läden und oft auch in Reformhäusern kaufen.

Am ersten Fastentag essen Sie nur einen Ausleitungskeks, eventuell zusammen mit einem Schluck Herzwein. Sollte dies noch nicht helfen, nehmen Sie am nächsten Morgen zwei Kekse. Bleibt auch dann der Erfolg aus, unterstützen Sie die Kekse am dritten Morgen zusätzlich mit einem Einlauf.

Brust- und Leberwickel

Wickel sind eine gute Möglichkeit, den Körper beim Fasten zu unterstützen – in der Klosterheilkunde werden sie seit jeher angewendet. Wie bereits erwähnt, arbeiten Lunge und Leber beim Fasten auf Hochdruck, daher tun Sie gut daran, wenn Sie diese Organe unterstützen. Wickel fördern zum Beispiel die Durchblutung und den Stoffwechsel.

Für einen Leberwickel tauchen Sie ein Leintuch in heißes Wasser, wringen es aus, falten es mehrmals zusammen und legen es so auf den Bauch, dass der rechte Oberbauch (also die Lebergegend) vollständig bedeckt ist. Darüber legen Sie noch ein trockenes Baumwolltuch, das in etwa doppelt so groß wie das nasse sein sollte, und eine Wolldecke oder ein Frotteetuch. Diesen Wickel lassen Sie mindestens eine halbe Stunde an Ort und Stelle. Nach der Anwendung bleiben Sie noch eine halbe Stunde im Bett liegen.

Um Lunge und Atmung zu unterstützen, tauchen Sie ein Leintuch in warmes Wasser (etwa 40 bis 45 °C), wringen es dann gut aus und wickeln es straff um die Region zwischen Achselhöhlen und Rippenbogen. Wickeln Sie dann erst ein Baumwoll-, danach ein Wolltuch eng über das Leinentuch und lassen Sie den Brustwickel so lange wirken, wie Sie ihn als warm empfinden. Danach sollten Sie noch mindestens eine halbe Stunde im Bett ruhen.

Beim Fasten wird ein großer Teil der Giftstoffe über die Haut ausgeschieden. Um diesen Vorgang zu unterstützen, empfiehlt sich ein schweißtreibender Wickel. Tauchen Sie dazu ein altes Leinenhemd in kaltes Wasser, wringen Sie es gut aus und ziehen Sie es an. Legen Sie sich dann ins Bett und wickeln Sie sich zusätzlich in ein Bettlaken ein. Außerdem decken Sie sich mit einer Wolldecke zu. Bleiben Sie so mindestens zwanzig Minuten lang liegen. Achtung: Führen Sie diese Anwendung nicht durch, wenn Ihnen kalt ist!

Bäder

Bäder sind ebenfalls ein altbewährtes Mittel der Klosterheilkunde. Sie tragen dazu bei, dass sich Verspannungen lösen und regen den Stoffwechsel an. Erhitzen Sie das Wasser jedoch höchstens auf 36 bis 38 °C und baden Sie nicht länger als 20 Minuten, damit Sie Ihren Kreislauf nicht zu sehr belasten.

❧ **Entspannendes Lavendelbad**
Übergießen Sie 100 Gramm Lavendelblüten mit zwei Litern heißem Wasser und lassen Sie den Sud fünf Minuten ziehen. Dann abseihen und ins Badewasser geben.

Vor dem Schlafengehen kann ein ansteigendes Fußbad wunderbar entspannend wirken. Dazu brauchen Sie eine Fußbadewanne (eine große Schüssel oder ein Eimer tut es auch), ein Handtuch und warme Socken. Geben Sie etwa eineinhalb Liter warmes Wasser (35 °C) in die Schüssel, stellen Sie sie in die Badewanne oder Duschkabine (damit Ihr Bad nicht überschwemmt wird), setzen Sie sich davor und stellen Sie die Füße hinein. Erhöhen Sie dann die Badetemperatur schrittweise, indem Sie heißes Wasser hinzufügen. In etwa zehn bis fünfzehn Minuten sollten Sie eine Endtemperatur von 40 bis 42 °C erreichen. Trocknen Sie dann Ihre Füße gut ab, ziehen Sie warme Socken an und legen Sie sich eine halbe Stunde hin.

Die richtige Körperpflege

Da beim Fasten eine ganze Menge Giftstoffe über die Haut ausgeschieden werden, tritt oft ein unangenehmer Körpergeruch auf. Ebenso häufige Begleiterscheinungen sind Mundgeruch oder eine belegte Zunge. Dies ist zwar normal, wird aber trotzdem als störend empfunden. Mit einer besonders gründlichen Körperpflege können Sie diese „Nebenwirkungen" des Fastens jedoch in den Griff bekommen.

Hautpflege

Die Stoffwechselumstellung beim Fasten bewirkt, dass unsere Haut vorübergehend austrocknet. Deshalb sollten Sie sie vor allem nach dem Baden wieder mit Feuchtigkeit versorgen, zum Beispiel durch ein gutes Körperöl.

Gegen den Körpergeruch helfen häufiges Waschen oder Duschen sowie Kleidung aus Naturfasern.

Mundpflege

Zusätzlich zum Zähneputzen ist Ölziehen zu empfehlen, denn das Öl nimmt Giftstoffe auf, die sich im Mund angesammelt haben. Verwenden Sie Oliven-, Johanniskraut- oder Weizenkeimöl und spülen Sie Ihren Mund jeden Morgen mit einem Teelöffel davon gründlich aus. Das Öl danach ausspucken und keinesfalls hinunterschlucken!

Die besten Fastenrezepte aus dem Kloster

In diesem Kapitel finden Sie nun alle Rezepte, die Sie für Ihre Fastenwoche brauchen: für den Entlastungstag, für die Fastentage und für die Aufbautage. Darüber hinaus sind hier auch traditionelle Fastenrezepte aus dem Kloster aufgeführt. Die meisten Zutaten bekommen Sie in ganz normalen Lebensmittelgeschäften, ansonsten auch in Reformhäusern, Apotheken oder Klosterläden. Wenn nichts anderes angegeben ist, sind die Rezepte für vier Personen angelegt.

Folgende Abkürzungen werden verwendet:

EL	Esslöffel
g	Gramm
kg	Kilogramm
l	Liter
ml	Milliliter
Msp.	Messerspitze
TL	Teelöffel

Rezepte für Ihre Fastenwoche

Hier finden Sie alle Rezepte, die Sie für Ihre Fastenwoche brauchen: Tees und andere Getränke, Gerichte für den Entlastungstag, für die Fasten- sowie die Aufbautage.

Gerichte für den Entlastungstag

Birchermüsli

(Zubereitungszeit: etwa 15 Minuten; eine Portion)

1 Apfel
2 TL Haferflocken
1 Tasse Milch oder
1 Becher Joghurt
1 TL geriebene Nüsse
1 TL Honig oder Rosinen
1 TL Zitronensaft

Die Milch oder den Joghurt in eine kleine Schüssel geben. Den Apfel gut waschen, halbieren und vom Kerngehäuse befreien. Ungeschält reiben oder klein schneiden. Die Haferflocken und die geriebenen Nüsse darüber streuen und alles miteinander vermischen. In die Milch oder den Joghurt geben, den Honig oder die Rosinen dazugeben und mit dem Zitronensaft würzen.

Obstsalat

(Zubereitungszeit: etwa 15 Minuten; eine Portion)

1 Apfel
50 g Weintrauben
½ Orange
etwas Milch

Den Apfel schälen, das Kerngehäuse entfernen und den Apfel in Stücke schneiden. Die Weintrauben ebenfalls in Stücke schneiden. Die Orange schälen und in Stücke schneiden. Das Obst in eine Schüssel geben und mit etwas Milch vermengen.

Reistopf

(Zubereitungszeit: etwa 25 Minuten; eine Portion)

50 g Reis
50 g Krabben
50 g Mais

Den Reis fast gar kochen. Etwa 5 Minuten vor Ende der Garzeit die Krabben und den Mais zugeben und weitere 5 Minuten kochen lassen.

Reispfanne

(Zubereitungszeit: etwa 25 Minuten; eine Portion)

50 g Reis
1 kleine Zucchini
1 Msp. Curry
1 TL Olivenöl

Den Reis kochen. Die Zucchini waschen, in schmale Streifen schneiden und 5 Minuten, bevor der Reis gar ist, zum Reis geben. Curry und Olivenöl dazugeben und fertig kochen.

Rezepte für die Fastentage

Karottenbrühe

(Zubereitungszeit: etwa 30 Minuten)

250 g Karotten
1/2 Stange Lauch
etwas Gemüsebrühe
1 Prise Muskatnuss
1 l Wasser
Salz
etwas Petersilienwurzel und Sellerie

Karotten, Lauch, Petersilienwurzel und Sellerie gut waschen und ungeschält klein schneiden. Das Gemüse in 1 Liter kochendes Wasser geben und 10 bis 20 Minuten kochen lassen. Durch ein Sieb gießen und mit Salz, Gemüsebrühe und Muskatnuss würzen.

Tomatenbrühe

(Zubereitungszeit: etwa 30 Minuten)

500 g Tomaten
1 Knoblauchzehe
etwas Lauch, Sellerie, Karotte
1 l Wasser
Salz
etwas Gemüsebrühe
1 Prise Muskatnuss

Das Gemüse gut waschen und ungeschält klein schneiden. In 1 Liter kochendes Wasser geben und 10 bis 20 Minuten kochen lassen. Durch ein Sieb gießen und mit Meersalz, Gemüsebrühe und Muskatnuss würzen.

Fastensuppe nach Hildegard von Bingen

(Zubereitungszeit: etwa 40 Minuten)

etwas Karotten, Bohnen, Fenchelgemüse

1 Tasse Dinkelkörner

Kräuter und Gewürze (zum Beispiel Salz, Galgant, Quendel und Bertram)

Das Gemüse waschen und klein schneiden. Zusammen mit dem Dinkel und den Kräutern und Gewürzen etwa 20 bis 30 Minuten kochen, dann abseihen und warm servieren.
Die Gewürze Galgant, Quendel und Bertram spielen in der Hildegard-Küche eine bedeutende Rolle. Galgant empfahl Hildegard von Bingen unter anderem gegen Fieber und ein schwaches Herz, Quendel soll bei Hautkrankheiten helfen und Bertram sollte eigentlich bei keinem Gericht fehlen, denn „im Menschen schickt er nichts unverdaut heraus, sondern bereitet ihm eine gute Verdauung“. Alle Gewürze sind in Hildegard-Läden, zum Teil auch in Reformhäusern erhältlich.

Getreidecreme

(Zubereitungszeit: etwa 30 Minuten)

400 ml Gemüsebrühe oder Wasser

80 g Getreideflocken (zum Beispiel Roggen, Dinkel, Hafer oder Weizen)

Gewürze und/oder gehackte Kräuter

gekörnte Gemüse- oder Hefebrühe

Die Getreideflocken in einem Topf leicht anrösten. Die Brühe dazugießen, zum Kochen bringen und zugedeckt bei schwacher Hitze 15 Minuten köcheln lassen. Dann Gewürze oder Kräuter zugeben und bei Bedarf mit Gemüse- oder Hefebrühe nachwürzen. Die Suppe vom Herd nehmen und etwa 5 Minuten nachquellen lassen, dann abseihen.

Gerichte für die Aufbautage

Knäckebrot mit Kräuterquark

(Zubereitungszeit: etwa 10 Minuten; eine Portion)

1 Tomate
2 Scheiben Knäckebrot
2 EL Kräuterquark
Salz, Pfeffer

Die Tomate waschen, den Stielansatz entfernen und in Scheiben schneiden. Das Knäckebrot mit dem Quark bestreichen und mit den Tomatenscheiben belegen, mit Salz und Pfeffer würzen.

Habermus-Frühstück nach Hildegard von Bingen

(Zubreitungszeit: etwa 10 Minuten; eine Portion)

1 Apfel
300 – 400 ml Wasser
50 g Dinkelflocken
2–3 Msp. Galgantpulver
2–3 Msp. Zimt
2–3 Msp. Bertram
1 TL Honig
1 EL Flohsamen

Den Apfel waschen, vom Kerngehäuse befreien und in Stücke schneiden. Zusammen mit den anderen Zutaten (bis auf die Flohsamen) in einen Topf geben und 2 bis 3 Minuten kochen. Vom Herd nehmen und die Flohsamen unterrühren.

Karottenrohkost

(Zubereitungszeit: etwa 25 Minuten; eine Portion)

2 EL saure Sahne
1–2 TL Zitronensaft
einige Blättchen Zitronenmelisse
100 g Karotten
1/2 Apfel
1 Salatblatt

Die saure Sahne mit dem Zitronensaft und der gehackten Zitronenmelisse verrühren. Karotten waschen, schälen, in die Sauce raspeln. Den Apfel waschen, vierteln, entkernen und dazureiben. Alles mischen und auf dem gewaschenen Salatblatt anrichten.

Kartoffel-Gemüse-Suppe

(Zubereitungszeit: etwa 35 Minuten)

1 Kartoffel
½ TL Hefeflocken
1 TL gekörnte Gemüsebrühe
¼ l Wasser
1 TL gehackte Petersilie
je 1 Prise Muskatnuss und Majoran
je ca. 30 g Karotte, Lauch und Sellerie

Die Kartoffel schälen, das Gemüse waschen, schälen, in Scheiben schneiden. Das Wasser zum Kochen bringen, das Gemüse und die Kartoffel zufügen und 15 Minuten zugedeckt gar kochen. Die Suppe vom Herd nehmen, mit den Gewürzen, den Hefeflocken und der gekörnten Brühe abschmecken, eventuell pürieren, dann noch etwas heißes Wasser zufügen. Mit der Petersilie bestreuen.

Knäckebrot mit Avocadocreme

(Zubereitungszeit: etwa 10 Minuten; eine Portion)

1 Avocado
Gewürze
Zitrone
1 Scheibe Knäckebrot

Avocado halbieren, entkernen, ausschaben. Das Fruchtfleisch gut mit einer Gabel zerdrücken. Mit Gewürzen und etwas Zitrone abschmecken und die Creme auf das Knäckebrot streichen.

Kartoffelgratin

(Zubereitungszeit: etwa 35 Minuten; eine Portion)

3 Kartoffeln
50 g Magerquark
Dill

Kartoffeln nicht ganz weich kochen, schälen, in Scheiben schneiden. In ofenfester Form anrichten, mit Magerquark überziehen, Dill darüber streuen. Im Backofen bei mittlerer Hitze vorsichtig erwärmen, so dass der Quark weich, aber nicht zu trocken wird.

Getränke

❧ Seltene Kräuter und Blüten der Fastentees

Angelikawurzel (auch Engelwurz, *Angelica archangelica*): Diese Pflanze können Sie ganz leicht aus Samen oder Setzlingen ziehen. Sie schmeckt mild aromatisch und wirkt appetitanregend und verdauungsfördernd.

Anisfrüchte (*Pimpinella anisum*): Anis können Sie im Garten anbauen. Die Früchte werden im August und September geerntet – trocknen Sie dazu die Pflanzen und dreschen Sie die Früchte heraus. Sie wirken bei Verdauungsbeschwerden und vertreiben Mundgeruch.

Eibischblätter (*Althaea officinalis*): Eibisch ist eine beliebte und dekorative Zierpflanze für Gärten. Seine Blätter schmecken besonders in Salaten.

Erdbeerblätter (*Fragaria vesca*): Die Wald-Erdbeere ist eine beliebte Pflanze in der Volksmedizin. Ihre frischen Blätter werden gerne in Mischtees verwendet und wirken blutreinigend.

Löwenzahnkraut (*Taraxacum officinale*): Der Löwenzahn gehört zu den bekanntesten Wiesenpflanzen – bestimmt auch in Ihrem Garten! Das Kraut können Sie vom Frühjahr bis in den September hinein ernten und frisch verwenden. Es regt die Verdauung und den Stoffwechsel an.

Malvenblüten *(Malva silvestris)*: Die rosa bis violetten Blüten können von Ende Juni bis Oktober gesammelt und getrocknet werden.

Mariendistelfrüchte (*Carduus marianus*): Die Früchte der Mariendistel sind im August und September reif und werden dann getrocknet. Entfernen Sie vorher die Haarkrone. Sie helfen gegen Erkrankungen der Leber und Gallenbeschwerden.

Ringelblumenblüten (*Calendula officinalis*): Die Ringelblume ist eine beliebte Gartenpflanze. Ihre Blüten können Sie von Juni bis September ernten und trocknen lassen. Ein Tee aus Ringelblumenblüten hilft bei Magen- und Darmerkrankungen.

Schachtelhalmkraut (*Equisetum arvense*): Der Schachtelhalm wird oft für Unkraut gehalten. Das Kraut können Sie zwischen Mai und September ernten. Er wirkt harntreibend und blutreinigend. Achtung: Der Waldschachtelhalm und der Sumpfschachtelhalm sind giftig!

Stiefmütterchenkraut (*Viola tricolor*): Für die Verwendung in der Naturheilkunde eignet sich nur das wilde Stiefmütterchen, nicht die beliebte Gartenpflanze. Das Kraut können Sie während der Blütezeit von Mai bis Juli ernten, es wirkt harntreibend und blutreinigend.

Alle diese Kräuter erhalten Sie auch in Naturapotheken und Kräuterläden.

Morgentee aus Pfefferminze

40 g Pfefferminzblätter
35 g Rosmarinblätter
25 g Anisfrüchte

1 Teelöffel der Teemischung im Mörser zerdrücken, mit einer Tasse kochendem Wasser übergießen, zugedeckt 5 Minuten ziehen lassen und abseihen.

Morgentee aus Ringelblumen

30 g Erdbeerblätter
25 g Ringelblumenblüten
10 g Malvenblüten
35 g Zitronenschalen

1 bis 2 Teelöffel der Teemischung mit einer Tasse kaltem Wasser über Nacht ansetzen. Am nächsten Morgen abseihen und auf Trinktemperatur erwärmen.

Fastentee aus Löwenzahn

50 g Löwenzahnkraut mit Wurzel
25 g abgerieben Schale einer unbehandelten Zitrone
15 g Stiefmütterchenkraut
10 g Ringelblumenblüten (ohne Kelch)

2 Teelöffel der Teemischung mit einer Tasse kochendem Wasser übergießen, zugedeckt 5 Minuten ziehen lassen und abseihen.

Fastentee aus Brennnessel

50 g Brennnesselblätter
30 g Thymiankraut
20 g Pfefferminzblätter
1 Msp. Zimt

2 Teelöffel der Teemischung mit einer Tasse kochendem Wasser übergießen und Zimt hinzufügen. Zugedeckt 5 Minuten ziehen lassen und dann abseihen.

Entblähungstee aus Kamille

25 g Pfefferminzblätter
25 g Angelikawurzel, zerkleinert
25 g Kamillenblüten
15 g Anisfrüchte
10 g Kümmel

1 Teelöffel der Teemischung im Mörser zerdrücken, mit 1 Tasse kochendem Wasser übergießen, zugedeckt 5 Minuten ziehen lassen und abseihen.

Spülungstee aus Schachtelhalm

20 g Schachtelhalmkraut
30 g Eibischblätter
40 g Brennnesselblätter
10 g Kamillenblüten

2 gehäufte Teelöffel der Teemischung mit 1 Tasse kochendem Wasser übergießen, zugedeckt 5 bis 10 Minuten ziehen lassen und abseihen.

Lebertee aus Löwenzahn

30 g Mariendistelfrüchte
20 g zerkleinerte Ingwerwurzel
40 g Löwenzahnkraut mit -wurzel
5 g Erdbeerblätter
5 g zerdrückte Kardamomkapseln

1 bis 2 Teelöffel der Teemischung mit 1 Tasse kochendem Wasser übergießen, zugedeckt 5 bis 10 Minuten ziehen lassen und abseihen.

Fencheltee nach Hildegard von Bingen

1–2 TL Fenchelkörner

Die Fenchelkörner mit 1 Tasse kochendem Wasser überbrühen, einmal kurz aufkochen und 10 Minuten ziehen lassen.

Herzwein nach Hildegard von Bingen

8–10 Stängel frische Petersilie
1 l Weißwein
1–2 EL reiner Weinessig
80–100 g reiner Bienenhonig

Die Petersilie mit dem Wein und dem Weinessig in einen Topf geben, aufkochen und 10 Minuten bei zugedecktem Kochtopf kochen lassen. Den Bienenhonig dazugeben und bei kleiner Flamme noch einmal 4 bis 5 Minuten kochen. Sorgfältig absei-hen, noch heiß in Flaschen mit Schraubverschluss abfüllen und verschließen.

Traditionelle Klosterrezepte für die Fastenzeit

Was kam und kommt in den Klöstern zur Fastenzeit auf den Tisch? Hier finden Sie einige schmackhafte Rezepte, die Sie auch zu Hause leicht nachkochen können. Für eine Fastenkur sind diese Gerichte nicht zu empfehlen, sie berücksichtigen jedoch die Regeln das maßvollen Essens und des Fleischverbots während der Fastenzeit.

Suppen

Brotsuppe

(Zubereitungszeit: etwa 30 Minuten)

150 g Schwarzbrot
1 Zwiebel
40 g Butter
1 l Fleischbrühe
$\frac{1}{8}$ l saure Sahne
1 Eigelb
Pfeffer, Salz

Das Schwarzbrot in kleine Würfel schneiden, die Zwiebel schälen und fein schneiden. Die Butter in einen Topf geben, erhitzen und die Zwiebel und das Brot darin anrösten. Mit der Fleischbrühe aufgießen und 20 Minuten kochen lassen, dazwischen immer wieder umrühren. Nach dem Ende der Kochzeit die saure Sahne mit dem Eigelb vermengen und in die Suppe einrühren. Darauf achten, dass die Suppe jetzt nicht mehr kocht. Mit Salz und Pfeffer abschmecken und sofort servieren.

Brennnesselbrühe

(Zubereitungszeit: etwa 35 Minuten)

300 g Brennnesselblätter
100 g Lauch
50 g Sellerie
300 ml Gemüsebrühe
Paprikapulver, Pfeffer, Muskatnuss

Die Brennnesselblätter waschen und in einem Sieb abtropfen lassen. Den Lauch putzen und waschen, den Sellerie putzen und schälen. Die Brennnesselblätter und das Gemüse klein schneiden. Die Gemüsebrühe zum Kochen bringen, Brennnessel und

Gemüse dazugeben und zugedeckt bei schwacher Hitze 15 Minuten köcheln lassen. Mit Paprika, Pfeffer und Muskatnuss würzen und durch ein feines Sieb gießen.

Klostersuppe

(Zubereitungszeit: etwa 50 Minuten)

4 Stangen Lauch

4 Kartoffeln

2 EL Butter

1 EL Herbes de Provence (Oregano, Rosmarin, Thymian, Majoran, Bohnenkraut, Lavendel)

Pfeffer, Salz

½ l Milch

1 l Gemüsesuppe

¼ l Sahne

½ Bund gehackte Petersilie

Lauch putzen und in Ringe schneiden. Kartoffeln schälen und in Würfel schneiden. Butter in einem Topf erhitzen. Lauch dazugeben und weich dämpfen. Kartoffelwürfel und Gewürze zugeben, mit Milch und Gemüsesuppe auffüllen. Zugedeckt 30 Minuten köcheln lassen. Sahne einrühren und die Suppe pürieren. Vor dem Servieren mit der Petersilie bestreuen.

Sauerampfersuppe

(Zubereitungszeit: etwa 45 Minuten)

2 Hand voll frische Sauerampferblätter

1 Zwiebel

2 EL Butter

4 EL Dinkelmehl

1 ½ l Fleischbrühe

1 Msp. Muskat

Salz, Pfeffer

1 Eigelb

Die frischen Sauerampferblättchen klein hacken, die Zwiebel fein hacken und beides in Butter andünsten. Langsam das Dinkelmehl dazurühren und zu einer goldgelben Schwitze verarbeiten, nach und nach die Fleischbrühe dazugießen und etwa 15 Minuten auf kleiner Hitze vor sich hin köcheln lassen. Kurz vor dem Servieren mit etwas Muskat, Salz und Pfeffer abschmecken und das Eigelb unterziehen.

Sauerkrautsuppe mit Joghurt

(Zubereitungszeit: etwa 40 Minuten)

1 Kartoffel
1 Zwiebel
1 kleines Stück Butter
½ l Gemüsebrühe
200 g Sauerkraut
375 ml Joghurt
Salz, Pfeffer

Die Kartoffel schälen, in Stücke schneiden und in Salzwasser gar kochen. Die Zwiebel schälen, fein hacken, mit der Butter in einen Kochtopf geben und dünsten, bis sie glasig ist. Die Kartoffelstücke zugeben. Mit einer Gabel zerdrücken, mit der Gemüsebrühe und dem Sauerkraut verrühren und alles 5 Minuten köcheln lassen. Die Suppe vom Herd nehmen, den Joghurt unterrühren und mit Salz und Pfeffer abschmecken.

Vorspeisen

Grüne-Bohnen-Salat mit Käse

(Zubereitungszeit: etwa 60 Minuten)

1 kg grüne Bohnen
6 EL Olivenöl
4 EL Essig
1 Prise Zucker
Pfeffer, Salz
150 g Emmentaler
1 Zweig Estragon

Die Bohnen putzen, in Stücke schneiden und im Salzwasser 20 Minuten bissfest kochen. Nach dem Ende der Garzeit abseihen. Für die Marinade Olivenöl, Essig, Zucker, Pfeffer und Salz verrühren, über die Bohnen gießen und 30 Minuten ziehen lassen. Inzwischen den Emmentaler in Würfel schneiden, den Estragon waschen, gut abtropfen lassen und fein hacken. Vor dem Servieren die Käsewürfel unter den Salat ziehen und mit Estragon bestreuen.

Salat mit Fisch und Fenchel

(Zubereitungszeit: etwa 45 Minuten)

200 g Fenchel
5 Blätter Radicchio
5 EL Olivenöl
1 EL Zitronensaft
Salz, Pfeffer
250 g gekochte Fischstücke
Parmesan zum Bestreuen

Den Fenchel in Salzwasser gar kochen und in dünne Scheiben schneiden. Den Radicchio in schmale Streifen schneiden. Fenchel und Radicchio mit Olivenöl und Zitronensaft vermischen und mit Salz und Pfeffer abschmecken. Den Salat auf einer Platte anrichten, die Fischstücke darauf legen, mit Olivenöl beträufeln und Parmesankäse darüber streuen..

Hauptgerichte

Kartoffelroulade mit Spinat

(Zubereitungszeit: etwa 75 Minuten)

500 g Kartoffeln
2 Knoblauchzehen
50 g passierter Spinat
Pfeffer, Salz
30 g Butter
1 Ei
200 g Mehl
Mehl für Arbeitsfläche
Butter zum Bestreichen

Die Kartoffeln schälen, waschen und halbieren. In einem Topf Salzwasser aufkochen und die Kartoffeln darin weich kochen. Nach dem Ende der Kochzeit die Kartoffeln abseihen, durch eine Kartoffelpresse drücken und zugedeckt abkühlen lassen. Die Knoblauchzehen schälen und fein hacken. Den passierten Spinat etwas ausdrücken, mit Knoblauch, Pfeffer und Salz würzen. Die Kartoffeln mit Butter, dem Ei und Mehl zu einem glatten Teig verkneten und mit Salz würzen. Die Arbeitsfläche mit Mehl bestreuen, den Teig darauf einen Zentimeter stark ausrollen, den

Spinat auf den Teig streichen und den Teig dann zu einer Roulade einrollen. Die Roulade in ein feuchtes Tuch wickeln und die Enden zubinden. Salzwasser in einem Topf aufkochen und die Roulade darin 30 Minuten gar kochen. Nach dem Ende der Garzeit die Roulade aus dem Topf nehmen, auswickeln und in Scheiben schneiden. In einer Pfanne etwas Butter aufschäumen lassen, die Kartoffelscheiben damit bestreichen und sofort servieren.

Dinkel-Risotto

(Zubereitungszeit: etwa 30 Minuten)

150 g Dinkel
$^{1}/_{8}$ l Gemüsebrühe
1 Hand voll Rucola
5 EL Olivenöl
50 g geriebener Parmesan
Salz, Pfeffer

Den Dinkel einige Stunden im Wasser quellen lassen. Zusammen mit der Gemüsebrühe in einen Topf geben und bei mittlerer Hitze 20 Minuten kochen lassen. Den Rucola waschen, in Streifen schneiden und zusammen mit dem Olivenöl und dem Parmesan in den Dinkel rühren. Mit Salz und Pfeffer abschmecken.

Arme Ritter

(Zubereitungszeit: etwa 40 Minuten)

3 Eier
1/4 l Milch
50 g Kristallzucker
Salz
1/2 TL Zimt
2 EL Puderzucker
2 EL Wasser
8 Scheiben Weißbrot
6 EL Semmelbrösel
Butter zum Ausbacken
abgeriebene Schale einer halben unbehandelten Zitrone

Die Eier trennen, die Milch erwärmen. Dotter mit Zucker, einer Prise Salz, Zitronenschale und Milch gut verquirlen. Eiweiß mit Wasser leicht schlagen. Die Weißbrotscheiben in die Eiermilch tauchen und ein paar Mal wenden, bis sie weich sind. Abtropfen lassen und zuerst in Eiweiß, dann in den Semmelbröseln wenden. Die Butter in der Pfanne erhitzen und die armen Ritter darin beidseitig goldbraun backen. Mit Zimt und Puderzucker bestreuen und servieren.

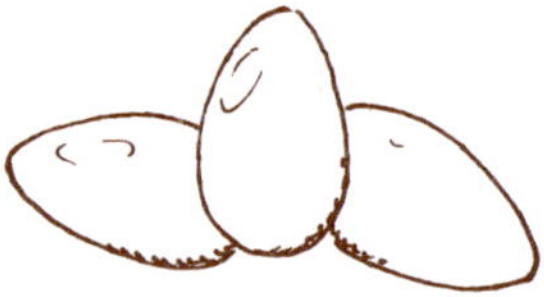

Koriander-Dinkel mit Gurkensalat

(Zubereitungszeit: etwa 35 Minuten)

100 g Dinkel
600 ml Gemüsebrühe
2–3 Msp. Koriander
1 TL gehackter Majoran

½ Salatgurke
2 EL fettarmer Joghurt
1 TL Zitronensaft
Salz, Pfeffer

Den Dinkel waschen und abtropfen lassen. Zusammen mit der Brühe in einen Topf geben, aufkochen und zugedeckt bei schwacher Hitze 20 Minuten köcheln lassen. Kurz vor Ende der Garzeit Koriander und Majoran dazugeben und die Brühe abgießen. Die Salatgurke putzen, schälen und in feine Scheiben schneiden. Den Joghurt mit Zitronensaft sowie Salz und Pfeffer glatt rühren. Das Dressing über die Gurkenscheiben geben und zusammen mit dem Koriander-Dinkel servieren.

Fastenklöße mit Fisch

(Zubereitungszeit: etwa 60 Minuten)

2 altbackene Brötchen
Milch zum Einweichen
1 Bund Petersilie
1 Zwiebel
500 g ausgelöstes Fischfleisch (zum Beispiel Hecht oder Karpfen)

60 g handwarme Butter
2 Eier
1 TL Majoran
1 Msp. Muskatnuss
Salz

Die Brötchen in der Milch einweichen, die Petersilie waschen und fein hacken, die Zwiebel schälen und klein hacken. Die Fische entgräten und dann passieren. Die Butter schaumig rühren, dann die Eier nach und nach zugeben und mit der Butter verrühren. Die Brötchen gut ausdrücken und passieren und mit den Fischen in die Buttermasse einrühren. Mit Zwiebel, Petersilie, Majoran, Muskat und Salz würzen und die Masse 20 Minuten ziehen lassen. Aus dem Teig Klöße formen. In einem Topf Salzwasser aufkochen lassen, die Klöße einlegen und 15 Minuten ziehen lassen. Nach dem Ende der Garzeit die Klöße herausnehmen und gut abtropfen lassen.

Anhang

Adressen

Eine Adressenbroschüre von Klöstern, in denen man auf Zeit zu Gast sein kann, ist erhältlich unter:

Haus der Orden
Wittelsbacherring 9
53115 Bonn
Tel.: 02 28/68 44 90
Fax: 02 28/6 84 49 44
pressestelle@orden.de; www.orden.de

Hier erhalten Sie Informationen und Adressen zu 19 Stiften und Klöstern in Österreich:

Klösterreich-Geschäftsstelle
Prof. Kaserer Weg 333
A-3491 Straß
Tel.: 00 43/27 35/55 35-0
Fax: 00 43/27 35/55 35 14
info@kloesterreich.at; www.kloesterreich.at

Biblisches Abkürzungsverzeichnis

Gen	Genesis (1. Buch Mose)
Ex	Exodus (2. Buch Mose)
Lev	Leviticus (3. Buch Mose)
Num	Numeri (4. Buch Mose)
2 Sam	2. Buch Samuel
2 Kön	2. Buch der Könige
Ps	Psalmen
Mt	Matthäus-Evangelium
Lk	Lukas-Evangelium
Röm	Römerbrief
1 Kor	1. Korintherbrief
Kol	Kolosserbrief
1 Thess	1. Thessalonicherbrief
1 Tim	1. Timotheusbrief

Literatur

Adam, Birgit: *Köstliche Klosterküche*, Bindlach 2005

Basler Hildegardgesellschaft: *Hildegard von Bingen. Heilkraft der Natur*, Augsburg 1997

Benedikt von Nursia: *Die Benediktusregel. Regula Benedicti.* Beuron 2001

Bilgri, Pater Anselm/Gérard, Klaus Wilhelm: *Das Kloster Andechs Fastenbuch. Auf der Suche nach dem Wesentlichen*, Augsburg 2002

Diers, Michaela: *Hildegard von Bingen*, München 1998

Grethlein, Thomas Dr. med.: *Heilfasten – Einklang von Körper und Seele*, Augsburg 1995

Hildegard von Bingen: *Gott ist am Werk. Liber divinorum operum*. Übersetzt und erläutert von Heinrich Schippers, Olten und Freiburg im Breisgau 1958

Hildegard von Bingen. *Scivias. Wisse die Wege*. Übersetzt und herausgegeben von Walburga Storch OSB, Augsburg 1997

Hopfenitz, Petra/Dr. med. Lützner, Hellmut: *Fasten und Meditation*, München 1991

Lützner, Dr. med. Hellmuth: *Wie neugeboren durch Fasten*, München 1991

Pawlik, Manfred (Hrsg.): *Hl. Hildegard. Heilwissen. Causae et curae*, Augsburg 1990

Pukownik, Peter: *Heilige Hildegard. Heilfasten. Gesundheit für Körper und Seele*, München 2002

Saum, Pater Kilian/Mayer, Dr. Johannes G./Uehleke, Dr. med. Bernhard: *Fasten nach der Klosterheilkunde*, München 2004

Schlüter, Christiane: *Klösterliche Meditation*, Bindlach 2005

Seewald, Peter (Hrsg.)/Müller, Bernhard: *Das Fasten der Mönche*, München 2003

Rezeptverzeichnis